Ikhwanul Halim

Bobo Pengantar Dongeng

PIMEDIA

Bobo Pengantar Dongeng (kumpulan cerita anak)

Ikhwanul Halim

2017

PIMEDIA Bandung.

Dongeng untuk peri kecilku,

Kasih Avisti

Daftar Isi

Kata Pengantar

Maleficent yang diperankan oleh Angelina Jolie tidaklah sejahat versi kartun. Elsa bukanlah ratu musim dingin yang kejam, seperti kisah aslinya.

Bagaimana jika dongeng yang selama ini kita kenal bukan seperti kejadian 'sebenarnya'? Cinderella bukanlah yang tercantik di lantai dansa. Atau Bawang Merah adalah kakak tiri yang baik hati.

Genre fantasi seperti itu yang saya angkat dalam buku kumpulan dongeng saya yang pertama ini. Apakah buku ini aman dibaca oleh anak-anak? Sebaiknya Anda sendiri yang menilai. Saya menulis dongeng ini untuk remaja dan orang dewasa yang berpikiran terbuka dengan selera humor yang sehat. Dan saya percaya Anda demikian adanya, Pembaca.

Bandung, 14 September 2017

Air Kehidupan

Setelah berjalan dua ratus empat puluh sembilan hari lamanya; dalam hujan badai kering dan terik membara; mendaki gunung halimun bertudung salju; padang tundra yang hanya dihuni serigala, rubah, beruang dan elang berbulu putih; gurun pasir yang tak henti-hentinya memaparkan berbagai fatamorgana permainan cahaya; hutan terkutuk tempat bersemayam simera, naga, raksasa dan peri penggoda; akhirnya sang putri yang namanya hanya diketahui sahibul hikayat menemukan mata air kehidupan yang menjadi tujuan pengembaraannya itu.

Di tengah lembah yang tersembunyi dikelilingi air terjun berpelangi, sebuah monolith gelap obsidian muntahan gunung vulkanik purba berbentuk tengkorak singa bertanduk setinggi tombak. Air menetes satu-satu dari ujung tanduknya yang selurus pedang. Tetesan air mengumpul di ceruk altar batu pualam, mungkin hanya cukup untuk mengisi satu cawan.

"Akhirnya, kutukan penyihir hitam negeri Asasin akan dapat kumusnahkan," gumam sang putri entah kepada siapa, karena hanya ada segerombolan kecoak yang berkeliaran di kaki altar pualam.

Ternyata gumaman itu berjawab.

"Kalau hanya untuk memusnahkan kutukan penyihir hitam, mengapa tidak meminta bantuan penyihir putih dari Nisasa?" tanya sebuah suara lirih, langsung menembus telinga pendengaran jiwanya.

Ia menoleh ke arah suara yang berasal dari bawah. Hanya ada kecoak-kecoak yang berkerumun di kakinya.

"Aku yang bertanya, kecoak putih yang ada di hadapanmu," kata suara lirih tadi lagi.

Memang, di depannya seekor kecoak seputih bulu angsa, sayapnya berkilau laksana perisai perak diterpa sinar mentari sore sedang mendongakkan kepala seakan memandang ke dalam matanya.

"Aku tak pernah mendengar tentang penyihir putih," jawab sang putri dengan tersipu. Sebagai putri raja ia terlalu manja, tak pernah belajar tentang apapun selain pesta dan dansa. Tapi ketika kerajaannya yang kini terlupakan, bahkan oleh sahibul hikayat, ditenung oleh penyihir hitam dari Asasin yang murka karena lamarannya ditolak secara hina menjadi negeri yang hilang dari peradaban, maka ia sebagai satu-satunya yang terbebas dari mantra penyihir hitam, pergi mengembara. Kalimat sang penyihir hitam terus menggema di telinganya: "Hanya air kehidupan yang dapat menawarkan sihirku!"

"Kalau begitu, bawalah air kehidupan ini ke istana. Tuangkan ke dalam kolam air mancur di taman kerajaan, maka kutukan penyihir hitam akan berakhir untuk selamanya," saran kecoak putih.

Sang putri menemukan sebuah piala perunggu di balik altar pualam, dan segera mengisinya dengan air kehidupan yang ada dalam ceruk di permukaan altar. Setelah berjalan dua ratus empat puluh sembilan hari lamanya, sang putri merasakan haus yang menggila. Tanpa sadar, ia mengangkat piala air kehidupan ke bibirnya, dan mereguk habis isi piala sampai tetes terakhir.

"Jangaaaan!" teriakan para kecoak bergaung bersama suara air terjun berpelangi, namun terlambat sudah.

Mendadak tubuh sang putri berubah mengecil, menjadi kecoak berwarna keemasan.

Sejak saat itu, sang putri dan kecoak lainnya menjaga sumber air kehidupan untuk selamanya.

Bandung, 25 Desember 2015

Rayap Perpustakaan

Ramik adalah seekor rayap yang tinggal di sudut-sudut gelap rak buku paling atas perpustakaan Nasional. Hanya ia satu-satunya rayap penghuni gedung yang menyimpan begitu banyak buku, majalah, jurnal dan berbagai bentuk dokumentasi lainnya. Bahkan, sesungguhnya ia satu-satunya makhluk yang selalu setiap waktu berada di perpustakaan terbesar di negeri ini.

Sudah puluhan tahun berlalu sejak koloni kecil rayap dan ratunya tewas dalam pembasmian rayap dulu, hanya ia yang hidup. Sejak itu, sudah berkali-kali seluruh ruangan yang ada disterilkan dengan kabut pembasmi rayap. Tapi Ramik selalu selamat, dan bahkan berumur panjang melebihi usia rayap yang seharusnya. Mungkin gen Ramik bermutasi, mengubah ia menjadi seekor rayap super. Bukan hanya umur dan kesehatannya yang bertambah, namun kekuatan dan kecerdasannya melesat jauh menyamai manusia. Kekuatannya mungkin disebabkan karena ia seekor rayap kasta prajurit. Tapi kecerdasannya tetap merupakan misteri. Ia mengerti dan mampu berbicara bahasa manusia menggunakan telepati yang difokuskan melalui antenanya. Bukan hanya satu bahasa, namun dua puluh lima bahasa dengan baik sekali. Dan yang lebih penting lagi, Ramik suka membaca. Sudah lebih dari setengah isi perpustakaan Nasional yang dibacanya. Sejak katalog buku masih berupa kartu sampai dengan basis data dalam *harddisk* komputer. Baik buku, majalah atau jurnal ilmiah. Tentang sastra, filsafat, ilmu pengetahuan, poleksosbud dan lain sebagainya dilahapnya, tersimpan dengan bagus dalam ingatan Ramik yang seharusnya takkan mampu menampung itu semua.

Ia sadar sepenuhnya, jika manusia tahu akan kemampuan supernya, maka nasibnya akan berakhir di sebuah laboratorium rahasia. Tubuhnya akan dipasang bermacam-macam mikro atau nanoelektroda yang akan mengukur aktivitas tubuhnya. Kepalanya yang kecil juga akan dipakaikan helm pengukur gelombang alfa, beta dan gamma untuk mengetahui kerja otaknya. Ramik tak ingin hal itu terjadi. Memikirkannya saja sudah membuat antenanya bergetar hebat menyebarkan gelombang infrasonik, sehingga membuat bulu kuduk pengunjung perpustakaan berdiri lebih hebat lagi. Dari beberapa kali peristiwa itu, lahirlah kisah-kisah tentang hantu penghuni perpustakaan Nasional sebagai legenda urban yang terus dibumbui sehingga semakin seru dan semakin menyeramkan. Misalnya saja, salah satu versi yang paling terkenal adanya hantu semut raksasa yang menjerit-jerit minta tolong. Versi lainnya yang tak kalah terkenal adalah tentang pengunjung perempuan yang mati tertimpa rak buku dan menghantui perpustakaan dengan mengesot di lorong-lorong rak-rak perpustakaan pada waktu malam. Kalau yang terakhir ini hanya gara-gara Ramik baru membaca tentang legenda *Suster Ngesot* dari sebuah majalah misteri, dan tiba-tiba saja antenanya bergetar memancarkan gelombang telepati.

Ramik tak pernah kelaparan. Tentu saja ia tak menggerogoti kertas-kertas dari buku-buku atau dokumentasi milik perpustakaan. Selalu ada kertas di tempat sampah ruang fotokopi. Apalagi sejak ia bersahabat dengan Agustopo, lelaki tua penjaga perpustakaan Nasional.

Ramik adalah seekor rayap yang pada dasarnya makhluk sosial. Itulah yang menjadikannya bersahabat dengan Agustopo, yang akan pensiun besok. Persahabatan mereka bermula delapan belas tahun yang lalu, ketika Agustopo yang bertugas di malam pertamanya sebagai penjaga malam perpustakaan Nasional selesai berpatroli dan berniat untuk membaca salah satu buku filsafat sebagai pembunuh waktu. Begitu ia mengambil buku yang berjudul *Alam Pikiran Filsafat Yunani* karangan Mohammad Hatta, tubuh Ramik ikut terangkat. Agustopo yang kaget dan sedikit mengidap *entomofobia*—ketakutan akan serangga, meski hanya sedikit—melempar buku itu dan nyaris meremukkan tubuh Ramik, jika saja Ramik berada pada sisi buku yang salah.

"Jangaaan!" Ramik memproyeksikan pikirannya ke dalam otak Agustopo, yang tambah terkejut dan ketakutan mencari sumber suara yang berdengung di kepalanya. Selain mengidap sedikit *entomofobia*, Agustopo juga mengidap sedikit *fasmofobia*—ketakutan akan hantu dan makhluk jadi-jadian, meski hanya sedikit. Awalnya, keterpaksaanlah yang menjadikan Agustopo sebagai penjaga malam. Karirnya sebagai satpam sebuah bank berakhir ketika bank tersebut dilikuidasi, dampak dari salah urus dan krisis moneter yang melanda dunia. Setelah melayangkan sembilan puluh delapan aplikasi lamaran ke berbagai kantor tanpa hasil, suratnya yang ke sembilan puluh sembilan mendapat jawaban. Dan karena itu, saat selewat tengah malam, ia berada di ruang perpustakaan yang menyimpan buku-buku filsafat dengan seekor rayap dan suara yang berteriak di dalam tengkorak kepalanya.

"Namaku Ramik," suara itu kembali terdengar. Bukan di telinga, namun di dalam pikirannya.

"Aku rayap di sampul buku *Alam Pikiran Filsafat Yunani* karangan Mohammad Hatta yang kau campakkan barusan."

Agustopo tak percaya begitu saja.

"Apa buktinya?" tanyanya mendekat, sambil menggenggam senter yang siap hendak dihantamkan ke sampul buku filsafat karya salah satu Proklamator itu.

"Jangan bunuh aku. Aku akan menggerakkan antene kiri tiga kali sebagai tanda bahwa memang aku yang bicara." Dan antena kiri Ramik bergerak tiga kali.

Sejak malam itu mereka menjadi sahabat karib.

Agustopo yang sebetulnya sudah tidak muda lagi itu masih bertekad untuk maju. Dengan uang pesangon dari bank tempatnya bekerja dulu, ia mengambil kuliah filsafat di salah satu universitas swasta. Berkat pergaulan dan diskusi-diskusinya dengan Ramik, Indeks Prestasinya selalu bagus dan mendapat beasiswa dari perguruan tinggi tersebut. Dan di kampus itu juga Agustopo mendapatkan jodohnya, mahasiswi teman kuliahnya yang mungkin menemukan kekasih sekaligus figur bapak yang hilang dari hidupnya pada diri Agustopo. Ia dan istrinya berbeda usia 20 tahun.

Tiga tahun sebelas bulan, Agustopo meraih gelar sarjananya. Meski ditawari beasiswa untuk melanjutkan ke strata dua, asal setelah itu bersedia menjadi dosen dengan ikatan dinas, Agustopo menolak. Tawaran posisi yang lebih tinggi daripada penjaga di Perpustakaan Nasional juga ditampiknya. Agustopo memilih menjadi penulis pada siang hari dan penjaga malam pada malam harinya. Empat buah buku tentang filsafat dan tujuh novel *best seller* karyanya termasuk koleksi yang paling dicari. Istrinya tidak mengeluh tentang itu, karena Agustopo tetap melaksanakan tugas dan tanggung jawabnya sebagai seorang suami dan kemudian juga sebagai seorang bapak, ketika dua anaknya, laki dan perempuan, lahir.

Menjadi penjaga malam Perpustakaan Nasional adalah hal yang paling disyukurinya, karena ia sangat menikmati persahabatannya dengan Ramik. Namun masa pensiunnya sudah dekat. Sudah berkali-kali ia menawarkan Ramik untuk pindah ke rumahnya, namun Ramik selalu menolak. Alasannya ia tak ingin meninggalkan buku-buku dan Perpustakaan Nasional. Namun sebenarnya Ramik tak mau mengganggu kehidupan rumah tangga Agustopo.

Malam perpisahan mereka berlangsung penuh canda. Pengganti Agustopo sebenarnya sudah mulai bertugas sejak minggu lalu. Namun ia bukan seorang penikmat buku. Bahkan patrolipun hanya dilakukannya sesuai jadwal tanpa menyentuh satu lembar kertaspun. Ramik sudah membayangkan malam-malamnya mendatang akan dilaluinya dalam kesunyian..

"Pindahlah ke rumahku, Ramik," bujuk Agustopo untuk terakhir kalinya.

"Terima kasih, Gus. Tapi masih banyak buku yang ingin kubaca," sanggah Ramik.

***

Lima tahun telah berlalu. Sudah sebulan lebih Agustopo tak datang ke perpustakaan. Ia telah meninggalkan dunia, istri dan dua anaknya, sembilan buku tentang filsafat dan lima belas novel best seller, juga Ramik.

Ramik sendiri lagi seperti dua puluh lima tahun yang lalu. Satu-satu hiburannya hanyalah membaca dan membaca.

Hari ini ia berada di bagian Ilmu Pengetahuan Fisika, membaca buku *A Brief History of Time* karya Stephen Hawking, ketika tiba-tiba buku yang dibacanya terangkat berikut dirinya. Wajah seorang wanita berkacamata, dan gelombang kejut serta niat untuk membanting buku tersebut ke tubuhnya dibaca lewat kemampuan telepatinya.

"Jangaaan!" Ramik memproyeksikan pikirannya ke dalam pikiran wanita berkacamata itu.

"Namaku Ramik, rayap yang telah menghuni perpustakaan ini selama berpuluh-puluh tahun. Bagaimana kalau kita berbincang-bincang tentang *Big Bang*?"

Bandung, 4 Januari 2016

Musro dan Kopral Zonder

Musro mengendap-endap di dalam saluran ventilasi yang akan membawanya ke lantai tujuh mal terbesar di kota ini. Di lantai tujuh itu letaknya pujasera, tempat segala makanan ada, sesuai selera. Dan yang sesuai dengan selera Musro hanyalah ayam goreng Kopral Zonder yang terkenal renyah dan lezatnya sampai ke tulang belulang, sehingga Musro selalu memastikan tidak ada tulang ayam yang tersisa. Tentu saja Musro tak menolak kentang goreng Perancis yang konon ditanam di daerah pegunungan tempat nenek moyang Musro berasal. Nenek moyangnya terkenal sebagai pengolah kopi terbaik. Namun Musro tidak seperti anggota keluarga lainnya yang setiap hari menelan biji kopi segar dan keesokan harinya mengeluarkan kotoran yang kemudian dikumpulkan oleh manusia untuk diolah menjadi kopi mahal.

Oh ya, kalian belum tahu siapa Musro. Musro adalah seekor luwak albino yang tinggal di lorong-lorong ventilasi mal terbesar di kota ini. Sewaktu kecil, Musro tertangkap oleh jerat pemburu dan dibawa ke kota untuk dijual. Seorang bocah kemudian membelinya dan Musro menjadi hewan peliharaan. Sejak saat itu menu makanan Musro adalah ayam goreng Kopral Zonder, sama seperti yang dimakan tuannya setiap hari. Sampai suatu hari, si anak tak pulang ke rumah, karena dari sekolah langsung dilarikan ke rumah sakit karena terkena serangan jantung ringan. Bayangkan, seorang anak berusia 10 tahun dengan berat 110 kg terkena serangan jantung! Meskipun si anak hanya tiga hari di rumah sakit, namun selama tiga hari itu semua orang melupakan Musro. Dan Musro tak suka merasa lapar.

Untunglah Musro tahu cara membuka kait pintu kandangnya dengan cakarnya. Dan Musro juga tahu ia bisa mencapai lubang ventilasi di atas jendela dapur yang terlindung lemari gantung, karena ia dapat merasakan hembusan angin segar yang membawa berbagai bau dari luar rumah. Ia berhasil mencapai lubang ventilasi dengan melompat bak cuci, melompat lagi ke atas lemari gantung, dan terjun ke halaman belakang rumah megah itu dengan terjun bebas yang disambut sederet tanaman bunga.

Saat itu hampir tengah malam. Musro yang kelaparan dituntun oleh nalurinya menuju ke jalan raya. Ia terus berjalan menuju ke arah di mana tampak cahaya menerangi langit, yang dikiranya arah matahari terbit. Sebenarnya itu adalah pusat kota, dan cahaya itu berasal dari puncak pencakar langit yang memiliki landasan helikopter. Seekor anjing liar mengejarnya dan Musro berlari-lari sekencang-kencangnya. Itulah untuk pertama kalinya ia berlari sekencang itu, dan mungkin takkan pernah lagi. Capek!

Setelah yakin bahwa anjing tersebut tak lagi memburunya, terengah-engah Musro berhenti di samping mal terbesar di kota ini. Ia mencium bau yang sangat dikenalnya: Ayam Goreng Kopral Zonder! Hidungnya menuntun pada lubang ventilasi yang kebetulan tutupnya lepas. Sebuah mobil boks pengangkut barang tepat berada di bawahnya, dan juga bak sampah di belakang mobil boks pengangkut barang tersebut. Dengan sekuat tenaga Musro meloncat dan meloncat... dan luput. Ia menabrak tembok sekitar 5 sentimeter dari lubang ventilasi yang terbuka. Musro tak putus asa. Bau ayam goreng Kopral Zonder membuat tekadnya membara. Baru pada percobaan ketiga, ia berhasil menerobos lubang ventilasi yang kemudian dengan ketajaman penciumannya mengantarkannya ke lantai tujuh setelah melalui labirin lorong ventilasi yang berliku-liku, mendaki dan menurun. Entah bagaimana ceritanya, lubang ventilasi itu semuanya saling terhubung dari lantai dasar sampai lantai delapan, tempat sineplek yang memutarkan film-film terbaru.

Sudah tiga tahun berlalu sejak malam yang menegangkan itu. Selama itu, setiap malam Musro akan menyusuri lorong ventilasi dari atas plafon sebuah salon yang hangat karena menyediakan mandi sauna menuju lantai tujuh untuk mengais ember-ember tempat sisa makanan berupa tulang ayam—dan tentu juga daging di sela-sela tulang—di lantai dapur gerai Kopral Zonder. Tulang-tulang itu biasanya pagi-pagi sudah diangkut untuk diolah lagi menjadi pakan kucing atau anjing peliharaan orang-orang kaya.

Kehilangan satu atau dua puluh potong tulang berikut daging-daging secuil takkan merugikan kucing dan anjing orang-orang kaya tersebut, bukan?

Setelah selesai makan malam, ia akan kembali ke plafon di atas salon di lantai lima dan bermimpi melahap ayam goreng Kopral Zonder yang utuh.

Setelah tiga tahun, lorong ventilasi itu terasa menyempit karena tubuhnya yang semakin besar dan semakin gendut.

"Makan malam, Mus?" sapa Celestine. Celestine adalah tikus rumah yang selalu menjelajah lorong-lorong ventilasi mulai dari lantai dasar sampai lantai delapan. Ia suka mengumpulkan pernak-pernik atau remah-remah yang ditinggalkan pengunjung mal dan menumpuknya di sudut-sudut persimpangan ventilasi. Entah mengapa, di labirin lorong udara mal yang panjang dan berliku itu, hanya ada mereka berdua. Saat pertama Musro berpapasan dengan Celestine dua tahun sepuluh bulan sebelas hari yang lalu, Celestine menjerit ketakutan dan segera kabur berbalik arah. Setelah lima kali lagi menjerit dalam dua minggu berikutnya, akhirnya Celestine pada pertemuan ketujuh tak lagi mengeluarkan jeritan yang menyakitkan telinga Musro karena gemanya bergaung lama di dinding ventilasi, malah ia menyodorkan tangan mungilnya untuk bersalaman. Sejak saat itu mereka resmi menjadi sahabat, meski tak selalu bersama-sama.

"Ya, Celestine. Menemukan sesuatu yang menarik hari ini?"

"Oh, sebuah brosur tentang makanan sehat di gerai yang baru buka, Mus. Kau tahu, di gerai bekas es krim yang tutup bulan lalu?" jawab Celestine.

Musro hanya tahu gerai Kopral Zonder. Namun demi sopan santun ia menganggukkan kepala.

"Sampai ketemu, Celestine," salamnya.

"Sampai ketemu," balas Celestine.

***

Musro baru saja menikmati tulang ayam berikut sisa-sisa dagingnya yang kedua ketika dadanya mendadak nyeri. Begitu sakit rasanya sehingga ia tak dapat bernapas. Badannya terasa lumpuh sehingga ia terpaksa berbaring terlentang.

"Tolong..." suaranya pelan nyaris tak terdengar. Ia sendiri tak tahu mengapa ia sampai meminta tolong, mengingat tak ada siapa-siapa di dekat situ.

Mal pada malam hari sepi. Para penjaga malam hanya menjaga di lantai dasar, sering sambil tidur ngorok. Lagi pula, Musro tak percaya kalau sang penjaga malam akan menolongnya. Celestine berkali-kali mewanti-wanti agar ia segera bersembunyi jika mendengar langkah kaki manusia, terutama langkah kaki para penjaga malam.

Entah berapa lama ia terlentang dalam kesakitan begitu, ketika tiba-tiba hidung Celestine muncul tepat di matanya. Sebuah benda kecil berada di mulutnya yang mungil.

"Ah... sudah kuduga. Serangan jantung," kata Celestine sambil memasukkan benda kecil tersebut ke mulut Musro. Hampir saja Musro tersedak karena benda itu nyangkut di tenggorokannya, namun Celestine melompat dan mendarat dengan keras di dadanya, dan benda kecil itu langsung meluncur ke dalam perutnya.

Perlahan-lahan nyeri dadanya menghilang dan ia dapat bernapas lagi dengan lega.

"Apa yang kau berikan padaku tadi, Celestine?" tanyanya setelah napasnya benar-benar normal.

"Pil jantung. Aku mengambilnya dari apotek di lantai enam," jawab Celestine.

"Ayo kuantar kau ke tempatmu. Kau harus beristirahat," sambungnya dan memapah badan Musro yang jauh lebih besar darinya.

"Kau berat sekali. Seharusnya kau diet dan berolahraga."

Musro diam saja. Badannya masih terasa lemah bagai tak bertulang.

***

Keesokan malamnya, Musro masih terbaring di plafon atas salon lantai lima yang hangat, ketika Celestine datang dengan membawa sesuatu. Musro mencium bau yang mirip dengan ayam goreng Kopral Zonder, tapi tidak sama.

"Makanlah," sodor Celestine. Musro menghidu sesuatu yang mirip nugget ayam Kopral Zonder. Dicicipinya. Rasanya lain. Tapi ia lapar dan rasanya juga tidak terlalu buruk.

"Apa ini?" tanyanya.

"Nugget vegetarian dari gerai yang baru buka. Bagus untuk kesehatan jantungmu," senyum Celestine.

Selama seminggu, setiap malam Celestine selalu datang membawakan nugget vegetarian tersebut dan Musro jadi terbiasa dengan rasanya. Berangsur-angsur kekuatannya kembali dan pada malam ke delapan ia bersikeras pergi ke gerai vegetarian yang dimaksud Celestine.

Apakah kisah ini berakhir dengan bahagia?

Rasanya tak perlu diceritakan, bukan?

Banda Aceh, 13 Januari 2016

Nyanyian Bulbul

Nyanyian bulbul *(Luscinia megarhynchos)* yang sedang kebelet kawin itu menarik perhatian Kaisar Cina, Sang Maharaja Langit. Kicauan bulbul sepanjang malam sebagai tanda diamuk birahi ternyata menghibur hati sang Kaisar yang sedang stres. Akhirnya baginda memerintahkan Jenderal Pu Khat Bew untuk menangkap bulbul jantan kelabu yang selalu berkicau di dahan pohon leci di depan jendela kamar tidur utama Kaisar. Kamar di istana seluruhnya ada seribu satu jumlahnya. Selain kamar utama, masih ada seribu kamar lain yang masing-masing diisi oleh Permaisuri dan sembilan ratus sembilan puluh sembilan selir. Salah satu hal yang membuat Kaisar stres disebabkan beliau selalu lupa nama seribu perempuan tersebut!

Kicauan burung bulbul jantan yang merupakan manifestasi rasa frustasi karena harus bersaing dengan jantan lainnya dalam upaya mendapatkan bulbul betina, ternyata bagi telinga Kaisar merupakan musik *masterpiece* yang *lual biasa meldu*. Bisa dimaklumi karena pada jaman itu belum ada *Twelve Girls Band* yang diawaki tiga belas amoy ciamik seperti saat ini. Perlu diketahui, tingkat keberhasilan seekor bulbul jantan mendapat pasangan tergantung pada power yang dimiliki dalam berkicau, seperti hasil penelitian

Hansjoerg Kunc peneliti dari University of Zurich, Swiss yang dimuat dalam beberapa terbitan Jurnal *Animal Behaviour* tahun 2005 - 2006. Berbeda dengan Kaisar yang bisa mendapatkan seribu wanita, tingkat keberhasilan seekor bulbul jantan mendapatkan jodoh hanya 51 persen saja.

Baru saja ia berhasil memikat hati seekor bulbul betina yang seksi, tiba-tiba... hap! Bulbul jantan itu terjerat jaring milik Jenderal Pu Khat Bew. Tak lama kemudian burung bulbul itu telah berada dalam sangkar emas 18 karat bermotif dua naga terbang saling berpelukan. Mata naga kembar itu terbuat dari rubi merah darah dan sisiknya dari jamrud berwarna hijau bayam. Jenderal Pu Khat Bew sendiri mendapat hadiah dari kaisar sebanyak seribu tail emas dan salah satu selir baginda (yang sebetulnya dicampakkan oleh Kaisar karena beliau ingin segera mengganti dengan yang lebih *semlohay*...)

Alangkah senangnya hati baginda karena setiap malam ia dapat mendengarkan kicau burung bulbul yang sangat merdu, padahal bulbul jantan merasa kesal karena kehilangan kesempatan mengawini bulbul betina seksi yang sudah menerima lamarannya. Ditambah lagi setiap malam ia harus menyaksikan sang kaisar bergonta-ganti selir!

Sampai akhirnya suatu ketika serombongan utusan Kaisar Jepang yang mengantarkan upeti berkunjung ke Istana Kota Larangan. Diantara barang upeti terdapat kotak kayu khusus yang bertandakan

'*For His Majesty Only*'. Ketika salah satu utusan membuka kotak kayu tersebut, Kaisar segera bersembunyi di balik singgasananya. Ya, Kaisar takut kalau dari dalam peti mendadak keluar ninja yang memotong jakunnya dengan lontaran *shuriken*. Kaisar Jepang pasti masih menyimpan dendam karena telah ditaklukkannya melalui JakenPo alias pingsut ala Timur Jauh. Terlebih lagi ia juga telah merebut Michiyo, geisha paling top di Shinjuku dari pelukan Kaisar Jepang, secara harfiah. Michiyo merupakan selir kesayangan Kaisar sampai saat ini—atau saat itu... Ini kan kisah dahulu kala!

Ternyata yang muncul dari dalam kotak adalah tiruan sangkar emas, lengkap dengan burung bulbul yang terbuat dari logam berbagai unsur! Sang utusan membuka pintu sangkar emas duplikat dan memutar kunci pegas yang terdapat di (maaf) dubur bulbul baja tersebut. Tak lama kemudian terdengarlah alunan merdu lagu 'Sukiyaki', persis seperti *JIKA* dibawakan oleh bulbul jantan.

Kaisar Cina terpesona. Segera ia perintahkan agar burung bulbul mekanik tersebut diletakkan di kamarnya. Sedangkan burung bulbul jantan *original* diperintahkan untuk dilepaskan kembali ke alam bebas.

Bulbul yang akhirnya menghirup udara kemerdekaan itu segera terbang di antara dahan-dahan pohon leci yang sedang berbunga, mencari kekasihnya yang mungkin masih setia menunggu.

Pencarian yang jelas sia-sia. Ingat! Dari seratus bulbul jantan hanya lima puluh satu ekor yang mendapat pasangan!

Burung bulbul yang kecewa dan patah hati itu melesat terbang tinggi ke angkasa. Ia berniat bunuh diri dengan menjadi *lunch* seekor rajawali yang terbang solo berputar-putar di antara awan *cirrus*. Yang terjadi bukannya ia disantap oleh burung lambang negara Amerika Serikat tersebut, malah diajak untuk ikut musyarawah paripurna burung sejagat yang kisahnya dijadikan untaian syair sufistik oleh Farid al-Din 'Attar dalam *Manteq al-Tayr (Conference of the Birds)*, yang versi Bahasa Indonesianya diterbitkan oleh Pustaka Jaya tahun 1983.

Kalau kemudian menurut sahibul hikayat yang lain bahwa suatu saat bulbul mekanik rusak dan sang bulbul original kembali menyanyi untuk sang baginda Kaisar saat beliau sekarat, itu hoaks belaka. Kaisar Jepang mengirimkan bulbulbot versi 2.0 yang selain memuat sembilan ribu tujuh ratus enam puluh sembilan lagu-lagu Mandarin, Hokkien, Jepang dan Korea dalam format MP3, juga bisa terbang dan memetik buah leci yang langsung dijus untuk Baginda Kaisar. Sebagai gantinya, Kaisar Jepang minta Michiyo dikembalikan.

Baginda Kaisar Maharaja Langit menerima bulbulbot versi 2.0 dengan senang hati. Michiyo diam-diam lari ke Singapura dengan Jenderal Pu Khat Bew sebelum akhirnya menetap di Nagoya, Batam.

Kaisar Jepang mengundurkan diri kemudian beralih profesi menjadi pencicip teh sekaligus penyair jalanan di Harajuku.

Banda Aceh, 21 Januari 2016

Kisah Dua Dunia

"Keputusanmu sudah bulatkah, sayang?" suara bariton Reinier bertanya sendu. Meski samar, masih terdengar dialek Jerman Tengah dari intonasinya. Lelaki tua berusia sepuluh windu itu yang kesehariannya tetap gagah, berjalan tegak tanpa tongkat dengan keanggunan seekor harimau mengendap-ngendap mengintai mangsa, mendadak seperti telah mengecap hidup fana dua abad lamanya. Duduk membungkuk lesu, kerut di kening yang sebelumnya tak seberapa, kini seperti gugusan gelombang sinus multivariabel pada diagram kartesian. Rambut peraknya yang biasanya berkilau memancarkan wibawa, sekarang seperti mati aura. Semangkok *Eggless Caesar Dressing* teronggok tak tersentuh di hadapannya.

"Kita sudah membicarakan ini berkali-kali, sayang. Kau tahu, waktumu sudah dekat. Dan aku tak bisa hidup di dunia ini tanpamu," jawab Lanka, menggigit potongan *T-Bone Sandai Wagyu Steak* diolah *rare* dengan giginya yang kuat dan utuh. Wanita yang sulit ditebak usianya itu, nyaris tanpa ekspresi. Wajahnya mulus tanpa garis, padahal hanya sekadar ditutup alas bedak, *blush-on* merah jambu tipis, dan seusapan lipstik cair merah *true blood* yang khusus dikirim Virginia dari New York, kontras dengan kulit wajahnya yang cenderung seputih kapas meski sudah dilapis butir-butir bedak kuning cempaka. Rambutnya yang panjang lurus sepinggang disatukan sembarangan dengan jepit kupu-kupu perak antik—kado pernikahan kedua puluh lima dari Reinier—hitam berkilau tanpa pewarna, meski banyak yang menduga begitu.

"Bagaimana dengan Baron dan Putri?" tanya Reinier, upaya terakhir mengubah niat Lanka.

"Ya Tuhan, Reinier! Mereka bukan anak-anak lagi. Kalau Virginia segera menikah dan punya anak, kita akan menjadi buyut!" jawab Lanka dengan suara bergetar. Bukanlah kebiasaannya menampilkan emosi.

Reinier tahu, berat bagi Lanka meninggalkan anak-anak dan cucu-cucu mereka. Meskipun mereka semuanya berada di benua yang jauh. Putri entah di rimba Afrika sebelah mana; berburu chimpanse, gorilla atau kuda nil; tentu saja dengan selusin kamera. Memang buah jatuh tak jauh dari pohonnya. *Like father like daughter.* Baron dan istrinya Katryn di Houston. Keduanya peneliti riset farmakologi. Virginia di New York, merintis karir sebagai perancang busana. Mark, si bungsu baru saja di terima di Stanford. Ia sendiri menyadari sejak awal dulu, bahwa hal ini cepat atau lambat pasti akan terjadi. Tetapi rasanya begitu cepat, lima puluh tahun seperti baru kemarin....

***

Malam gelap. Bulan setengah tergantung laksana perahu yang melayari langit hitam berombak awan kelabu. Hutan kebun sawit itu jauh dari perkampungan. Satu-dua kelelawar terbang menembus rerimbunan daun sawit menuju pohon buah hutan liar di tepi sungai yang mengalir tenang. Terkadang suara babi hutan yang menggali akar umbi keladi terdengar di kejauhan berseling batuk burung hantu yang mencoba menelan tikus hasil tangkapan.

Makhluk itu sudah terpojok, tak bisa lagi melarikan diri. Taburan garam kobalt dan bubuk magnesium membuatnya makin lemah. Apalagi makhluk yang masih muda untuk spesiesnya itu belum pernah mendapatkan mangsa. Pengetahuan dan pengalamannya sebagai pemburu membuatnya tahu tentang makhluk buruannya. Tapi baru sekali ini ia menemukan yang masih muda, sangat lapar dan ketakutan.

Sorot mata yang seperti memohon ampun tak dipedulikan Reinier. Ia mengangkat senjatanya dan menyerang, tikamannya tepat menghujam dalam di ubun-ubun makhluk—

***

"Bagaimana kalau kita berpisah sekarang?" suara Lanka memanggil pulang Reinier dari ingatannya yang terlambung ke masa lampau, lima puluh silam. Sejak saat itu ia mengganti senjatanya dengan kamera, mulai kamera raksasa yang harus dipanggul sampai kamera dengan lensa sebesar meriam pernah ia operasikan dengan sempurna. Sebagai pemburu, dari pemusnah ia menjadi pemelihara. Karya-karyanya menjadi buah bibir, dimuat di sejumlah majalah bergengsi di seluruh dunia. Belum lagi deretan penghargaan dan tropi mengisi portofolionya yang setebal novel misteri. Biografinya sudah cetakan kedua puluh tiga dan diterjemahkan ke dalam sebelas bahasa. Putri yang meneruskan talentanya sebagai pemburu berlensa.

"Tidak bisakah ditunda semalam lagi, sayang? Ini hari ulang tahun perkawinan emas kita—"

"Bagaimana jika ada yang melihat kamu sedang bersamaku saat ini, sayang? Padahal kan, tadi siang aku sudah terbang, bahkan bu Komar, tetangga kita sudah tahu bahwa aku pulang kampung hari ini. Tiket pesawat pun sudah kutunjukkan padanya."

Reinier menyerah. Ia membayar makan malam mereka—makan malam terakhirnya dengan Lanka. Kemudian mereka melangkah bergandengan menuju area parkir bistro yang terpencil itu, nyaris sepi pada hari-hari kerja.

Di dalam mobil, mereka berciuman mesra dengan hangat untuk terakhir kalinya. Tangan Reinier meraba-raba kulit kepala di balik rambut Lanka, dan menemui apa yang dicarinya. Dengan sekuat tenaga ia menarik paku delapan setengah inci yang terbuat dari baja murni bercampur meteorit dari ubun-ubun Lanka....

***

Dua minggu kemudian.

Putri von Helsing dan Baron von Helsing, anak kembar Lanka dan Reinier berdiri bergandengan tangan di tepi sungai berkabut di tengah hutan kebun sawit, di timur pulau Sumatera yang tak lagi produktif karena sudah terlalu tua itu. Di hadapan mereka terdapat dua buah nisan kayu tertanam pada gundukan tanah merah berdampingan. Pada keping kayu nisan masing-masing tertulis:

Kuti Lanka binti Gandar Wiwa

Batanghari, 1948

Batanghari, 17-1-2016

Reinier von Helsing

London, 25-07-1935

Batanghari, 27-1-2016

"Aku menyesal tak bisa segera datang untuk pemakaman Mama. Kau tahu, untuk keluar dari antah berantah Serengeti aku butuh waktu empat hari," ujar Putri.

"Meskipun kamu tahu bahwa yang terbaring di situ cuma gedebok pisang?" goda Baron, abangnya sambil tersenyum.

"Yah, paling tidak aku bisa ikut pura-pura bersedih bersama kamu."

"Kamu tak sedih dengan kematian Papa?"

"Memangnya wajahku seperti apa saat ini?"

"Persis seperti kuntilanak."

"Hei! Jangan menghina Mama!"

"Kata siapa menghina? Itu justru pujian!"

Keduanya tertawa, namun suara gelak Putri yang paling lucu, nyaring mengikik bergema di antara pohon-pohon sawit tua di pinggir sungai yang mengalir tenang berbau busuk, tercemar polusi dari pabrik sawit agak ke hulu sana.

Bandung, 30 Januari 2016

Gurita! Gurita!

Matahari masih malu-malu, belum bergairah untuk membakar timur langit di pagi itu, namun sebagian besar orang-orang telah bersiap-siap melakukan aktivitas rutin mereka dengan perasaan mendongkol. Bagaimana tidak? Dari jam satu dini hari, listrik ibukota padam, air ledeng mampat, jaringan telpon seluler hilang, begitu juga koneksi internet dan telepon saluran darat, baik melalui kabel tembaga atau serat optik. Bahkan, genset milik perusahaan swasta atau perorangan tak ada yang berfungsi.

Seakan kembali ke jaman kegelapan sebelum manusia mengenal peradaban saja. Akibatnya yang hendak berangkat kerja hanya mengandalkan semprotan parfum dan deodoran, mencuci muka sekadarnya dan menggosok gigi dengan air sisa dispenser. Di era semua serba listrik, masyarakat kota mana yang rumahnya masih ada sumur lengkap dengan kerekan timba?

Belum lagi yang tinggal di apartemen, naik turun tangga sampai sesak napas.

Tepat pukul setengah enam pagi listrik kembali menyala. Seperti digerakkan tenaga gaib, televisi-televisi hidup dengan sendirinya. Semua saluran menampilkan tayangan yang sama, sosok gurita raksasa menatap kamera dengan dua puluh satu corong mikrofon di depan mulutnya yang mirip paruh burung kakak tua. Monster raksasa, ubun-ubunnya menyentuh langit-langit auditorium studio yang biasa dipakai untuk gelar acara anugerah terbaik pura-pura. Kedelapan tentakelnya melambai-lambai seakan mengancam dunia. Orang-orang terpana, ketika sang Gurita Raksasa berbicara:

"Selamat pagi manusia pemirsa. Saya adalah Ratu Gurita Lautan Hindia. Saat ini kami, para gurita, telah mengambil alih kota kalian."

Salah satu tentakelnya menggaruk jidatnya yang licin. Terdengar dehemannya yang mirip suara desah angin.

"Kalian adalah makhluk serakah. Makanan kami kalian ambil sesukanya. Ekosistem kami kalian racuni. Anak-anak kami kalian pukat dan kalian jadikan dendeng atau abon!" gelegar amarah Ratu Gurita membuat televisi yang masih menggunakan teknologi layar tabung meledak. Hanya televisi LCD dan videotron di jalan-jalan utama yang masih bertahan.

"Untuk itu kami mengambil tindakan sebagai peringatan! Tujukan pandangan kalian ke atas gedung, atap rumah, puncak monumen atau tower komunikasi!".

Dan gambar layar televisi berganti dengan gedung dan menara yang diambil dengan *long shot, medium shot* maupun *close up* berganti-ganti. Di puncaknya masing-

masing bertengger belasan bahkan puluhan gurita yang nyaris sama besarnya dengan sang Ratu.

Orang-orang berhamburan ke luar rumah. Penghuni griya tawang berdiri di balkon sedangkan penyewa rusunawa mengintip dari kaca jendela. Seluruh atap dan tempat-tempat tinggi tak bersisa diduduki para gurita dengan tentakelnya yang meliuk-liuk seperti sedang menarikan Serampang Dua Belas. Pemandangan yang mestinya lucu dan indah, tapi nyatanya tak ada yang tertawa atau terpesona.

Dari televisi terdengar suara Sang Ratu Gurita membahana:

"INI HANYA SEBAGAI PERINGATAN!"

Dan orang-orang menjerit. Situasi menjadi kacau balau. Hiruk pikuk dengan isak tangis dan lolong panjang bercampur sumpah serapah. *Chaos*. Orang-orang saling tabrak berlarian menyelamatkan diri. Namun takdir sudah ditentukan....

***

Sebulan setelah peristiwa itu, orang-orang masih ramai membicarakannya. Persatuan masyarakat nelayan dan asosiasi rumah makan (terutama *seafood restaurant*) sudah dua minggu melancarkan demonstrasi ke Gedung DPR, Istana Presiden, Markas Angkatan Bersenjata dan kantor Kementerian Kelautan dan Perikanan menuntut agar yang berwenang bertindak memikirkan bagaimana tindak lanjut dari peristiwa tersebut, yang kemudian dikenang dalam sejarah sebagai HARI SERANGAN GURITA.

Sudah sebulan berlalu, namun kota belum kembali pulih sepenuhnya.

Dan media-media seluruh dunia memberitakan peristiwa itu dengan berbagai ulasan pakar mulai dari pakar biologi kelautan, pakar persenjataan sampai dengan teoritis makhluk luar angkasa, lengkap dengan tangkapan citra satelit noda tinta hitam menutupi seluruh permukaan ibukota.

Bandung, 23 Januari 2016

Lelaki Pembunuh Sepi

Tentu saja seluruh dunia terkejut, ketika Sepi terbunuh oleh seorang laki-laki yang sebelumnya bukan siapa-siapa. Maka atmosfer dipenuhi suara hingar bingar, kebisingan naik turun riuh rendah membahana dari puncak gunung ke lembah. Pekik kemenangan dan jerit kemalangan terdengar setiap detik tanpa jeda. Komposer, penulis lagu telah menghilangkan tanda berhenti untuk setiap notasi karya mereka. Gawai-gawai terbaru dan kadaluwarsa kehilangan pilihan hening. Selalu ada bunyi, tak pernah sunyi. Bahkan saat tidur, mimpi-mimpi dipenuhi gaung-gaung dinding ngarai imajinasi, membuat orang-orang hilang kendali. Tak terhitung yang bunuh diri, karena tak tahan lagi tersiksa oleh bunyi-bunyian tak berarti.

Tentu saja orang-orang marah kepada lelaki pembunuh Sepi, karena mereka harus merasakan siksaan tanpa henti. Tapi mereka tak mampu berbuat apa-apa, tak berani memakinya secara terang-terangan ataupun dalam hati, karena apa yang terucap di pikiran akan teresonansi menjadi gelombang frekuensi yang terdengar oleh siapa saja, juga oleh orang tuli. Orang-orang tuli yang tadinya bersuka cita saat Sepi telah mati, kebanyakan termasuk gelombang pertama yang bunuh diri dengan cara menembakkan peluru dari telinga kanan menembus ke pelipis kiri. Atau menusukkan paku panjang melintang horizontal mengoyak selaput timpani. Waktu ke waktu, bumi makin gersang karena polusi suara yang jauh melewati batas ambang toleransi.

Sampai akhirnya penujum ternama cenayang pesohor selebriti Madame Paramatheasyalys mengusulkan solusi: tiada lain tiada bukan hanya lelaki pembunuh Sepi yang dapat menjemput Sepi kembali dari tempat terkutuk di pusat bumi. Hanya lelaki itu yang mampu. Setelah menyatakan hal itu di depan puluhan kamera televisi yang disiarkan ke seluruh penjuru mata angin, air, api dan tanah, Madame Paramarheasyalis penujum ternama cenayang pesohor selebriti meminum secangkir kopi yang diramu dengan bisa ular dari cincin Nefertiti, melambaikan tangan untuk terakhir kali sebelum ambruk tak bernyawa dengan muka sehitam mata Illuminati.

Maka lelaki pembunuh Sepi berjalan menuju pusat bumi, menembus lapis-lapis rekaman jejak era masa silam berbentuk cakram tiga dimensi. Tak kurang ia merenangi lahar dan lautan raksa yang menggelora, meluncur tebing terjal karang berlian tegar tak terpanai, melawan makhluk adikodrati yang terusir dari permukaan oleh kutukan dan bencana, sebelum akhirnya menjejak bola inti bumi, dan menjumpai Sepi telentang tak bergerak, dengan keempat tangan dan kaki diikat rantai berbandul logam hitam kusam menjadi hiasan di ujung-ujungnya, terbuat dari besi sembrani.

Berdiri di puncak kepalanya, sosok tampan berwajah murung yang disebut dengan berbagai nama oleh kaum-kaum purba, menggenggam tombak trisula nyala membara, telah membaca maksud lelaki pembunuh Sepi turun jauh ke wilayahnya dengan gagah berani, dan iapun meminta lelaki untuk mengurungkan niatan karena Sepi telah membawa damai yang tak pernah hadir sebelumnya, memohon agar lelaki berbalik arah pulang kembali.

Lelaki pembunuh Sepi bergeming dan menepis pelipis sosok tampan pemurung yang menjaga pusar bumi dengan sandera Sepi hingga pingsan tak sadar diri, meski ia ingin namun tak jadi membunuh sosok pemurung tampan pemilik ratusan jenama atas nama maut dan kematian, karena sadar akan konsekuensi jika kematian mati, maka takkan ada lagi nyawa tercerabut meninggalkan raga, sehingga bumi tenggelam dalam trilyunan manusia berdesak-desakan tegak berdiri.

Dengan sentakan lugas semua rantai patah lepas dan Sepipun bebas merdeka. Sepi menatap mata lelaki yang telah membunuhnya sampai ke sudut-sudut terdalam relung hati, dan menemukan cinta suci tak bernoda dalam bentuk paling murni dari yang termurni, titian dua puluh empat nada impian para penyair zaman sebagai sumber mata air, tanah, api dan angin inspirasi, cinta yang abadi.

Maka Sepi memeluk lelaki, mendekap erat sehingga desah nafas berganti menjadi nada tunggal kecapi semesta, membiak ragam menyatu satu, melayang menembus cakram menuju permukaan. Dari rahim Sepi terlahir Sunyi, berganda paripurna secara deret Fibonacci.

Kemudian Sepi dan lelaki yang pernah membunuhnya melayang membumbung tinggi, meninggalkan orbit bumi dan lintasan planet-planet tata surya menuju galaksi Andromeda menjauhi Bimasakti, karena semesta luas, dan waktu tak pernah berpihak. Sepi dan lelaki yang pernah membunuhnya pergi sebentar atau selamanya, tak pernah kembali.

Jakarta, 19 Februari 2016

Bobo Pengantar Dongeng

Pada suatu hari—

Maaf, mendongeng dengan pembukaan seperti itu membosankan.

Menurut sahibul hik—

Apalagi itu!

Zaman dahulu ka—

Boooriiing!

Bisa diam tidak?

Nah ini baru menarik!

Begitu menurutmu? Baiklah....

***

"Bisa diam tidak?" Ratu Negeri Dongeng menegur Oki Kurcaci Hijau yang tak henti-henti mengeluh gara-gara kakinya timbul bintil-bintil kemerahan yang sangat gatal meskipun sudah diberi salep cula naga yang dibelinya dari Juwita Sirik, penjual obat keliling. Polusi yang menimpa Negeri Dongeng semakin parah, tingkat keasaman yang terkandung pada awan stratocumulus yang membentuk Negeri Dongeng semakin tinggi, pH-nya sudah mendekati 3.

"Tapi kaki ulun sangat gatal, paduka Ratu," keluh Oki Kurcaci Hijau sambil tetap menggaruk telapak kakinya melalui lubang menganga pada sol sepatu lancip ala Aladin atau Ali Baba.

"Aku juga gatal, tapi tak sepertimu yang berisik seperti Bona sakit belalai!" bentak Ratu, sambil mengupas koreng di tumitnya yang sudah mengering, namun segera basah kembali karena dikupas barusan.

Di depan mereka, Nirmala Peri Cilik Merah Jambu berjalan memutar-mutar tongkat ajaib sambil berseru centil "Abrakadabra!", mengubah asam yang ada dalam awan menjadi lollipop. Tentu saja lollipop itu rasanya asam. Penyihir dan pembuat tapai dapat mengubah manis menjadi asam, tapi tidak sebaliknya. Pernah seorang penyihir dari Negeri Badai mencoba, hasilnya adalah empat puluh dua. Mengapa hasilnya empat puluh dua, bukan empat puluh satu atau empat puluh tiga—atau manis, masih menjadi misteri yang ditanyakan alam semesta.

Nirmala Peri Cilik Merah Jambu adalah satu-satunya penduduk Negeri Dongeng yang tidak terserang gatal dan koreng. Rahasianya terletak pada sepatu Nirmala, sepatu *wedges* dengan hak setinggi tujuh inci terbuat dari *titanium alloy*. Dan jumlah penduduk Negeri Dongeng tidak terlalu banyak, tergantung musim. Saat musim hujan seperti sekarang, jumlah penduduknya semua ada empat puluh tiga, terdiri dari dua puluh satu peri dan dua puluh satu kurcaci. Satunya lagi tentu saja sang Ratu Negeri Dongeng, yang setengah peri setengah kurcaci. Ciri-ciri peri adalah mengenakan gaun rok kurungan ayam, sedangkan kurcaci ujung telinga lancip meruncing ke atas seperti bangsa Vulcan. Pernah bertemu bangsa Vulcan? Belum? Banyak-banyak bergaul, dong!

Ratu Negeri Dongeng menutupi kelancipan kupingnya yang ekstrim dengan menyanggul rambutnya seperti Marge Simpson emaknya Bart, Lisa dan Maggie.

Saat musim kemarau, penghuni Negeri Dongeng ada 3: Ratu, Nirmala dan Oki. 40 pasang peri dan kurcaci menyebar di muka planet bumi. Umumnya ikut sirkus keliling menjadi badut atau pemain trapeze. Namun ada juga yang mengamen topeng monyet di lampu setopan. Menjelang Lebaran mulai H-7 sampai H+10 Negeri Dongeng sunyi sepi karena ditinggal mudik. Bahkan Ratu Negeri Dongeng juga mudik, kumpul keluarga dengan sepupunya di pantai Laut Selatan. Demikian sekilas info demografi.

"Ratu, menurutku kita harus mencari cara mengurangi tingkat keasaman lapisan awan agar Negeri Dongeng kembali nyaman dihuni," saran Nirmala yang mulai bosan mengubah asam menjadi lollipop.

"Ada usul?"

"Bagaimana kalau kita mengoleskan salep cula naga sebanyak-banyaknya ke permukaan awan, paduka Ratu?" kata Oki tetap menggaruk kaki dari lubang sepatu Aladin.

"Gila kamu! Bisa habis cadangan devisa. Siapa yang akan mempertanggungjawabkan defisit anggaran belanja? Belum lagi fakta bahwa naga hanya ada di negeri dongeng!" omel Ratu dengan mata mendelik. Oki Kurcaci Hijau langsung mengkeret. Hilang sudah komisi dua puluh persen yang dijanjikan Juwita Sirik seandainya pengadaan salep cula naga disetujui oleh Ratu.

"Sebaiknya kita berkonsultasi dengan Bobo, Dewa Kelinci Agung," usul Nirmala Peri Cilik Merah Jambu.

Ratu berpikir sejenak, membayangkan sate kelinci Lembang.

"Setuju. *Let's go!*"

***

Saat itu Negeri Kelinci sedang panen raya. Hasil produksi wortel melimpah, sehingga tak perlu lagi impor. Yang paling bahagia tentu saja paman Gembul, chef dan host acara 'Kreasi Pai Wortel Seluruh Dunia.'

Wortel, wortel dan wortel di mana-mana. Negeri Kelinci menjadi oranye, bahkan pada malam hari pun langit berupa oranye gelap. Maka semboyan Negeri Kelinci sejak kemarin berganti menjadi "*Orange is the New Black*" yang artinya "orang asal nyablak".

Bobo Dewa Kelinci Agung sedang telentang santai di bangku pantai sambil menyedot limun yang dibuat Upik, ketika Ratu Negeri Dongeng, Nirmala Peri Cilik Merah Jambu dan Oki Peri Hijau mendarat dengan menunggang kuda sembrani. Kehadiran mereka terlihat mencolok. Ratu yang menggunakan gaun biru, Nirmala merah jambu dan Oki hijau bayam di atas hamparan wortel oranye.

"Bo, lu bisa bantu gue kagak?" tanya Oki bukan basa basi. Sebagai kurcaci gembala, dulu Bobo dipelihara oleh Oki di istal kuda sembrani Negeri Dongeng.

"Uhuk..uhuk....Apa yang bisa gue tolong, brader?" tanya Bobo sambil batuk-batuk, keselek limun karena kaget atas pemunculan trio Negeri Dongeng.

"Negeri Dongeng sekarang jadi Negeri Asam, deh. Tuh, kaki gue jadi biduren." Oki menunjukkan lubang menganga di telapak sepatu Aladinnya.

"Baiklah. Posisi Negeri Dongeng sekarang?" tanya Bobo sambil melempar botol limun ke tong sampah berwarna oranye. Meleset. Bibi Titi Teliti segera memasukkan ke tong sampah daur ulang yang berwarna oranye ke oranye-oranyean.

"Paduka Ratu, menurut GPS posisi Negeri Dongeng ada di mana?" Nirmala bertanya kepada Ratu yang menatap Bobo dengan penuh selera.

"Nyam...nyam..." Ratu hanya menggumam, masih membayangkan sate kelinci Lembang.

"Paduka Ratu!" tegur Nirmala yang tahu semua hal tentang Ratu, dari hobi (shopping, selfie, kuliner), zodiak (leo), shio (ular), warna (biru), sampai makanan favorit (semur jengkol dan sate kelinci).

"Oh, ini latitut, longitut dan altitut Negeri Dongeng," Ratu menyerahkan secarik *stickynote* setelah menarik kembali air liurnya yang nyaris tumpah.

Bobo meneliti tulisan pada *stickynote* tersebut, dan segera menyimpulkan:

"Awan Negeri Dongeng tepat berada di atas tempat pembuangan sampah terbesar di dunia, yaitu Bantar Gebang."

"Apaaa?" Ratu Negeri Dongeng, Nirmala Peri Cilik Merah Jambu dan Oki Kurcaci Hijau serentak kompak berteriak.

"Uap dan debu dari sampah limbah beracun di bawah Negeri Dongeng telah menyebabkan awan stratocumulus meningkat keasamannya," Bobo menjelaskan.

"Bagaimana jika semua sampah itu disihir jadi lollipop?" usul Nirmala.

"Percuma. Dalam sekejap sampah baru akan menumpuk lagi, dan lollipop akan bermutasi menjadi kecoak Madangkara," jawab Bobo.

"Kecoak Madagaskar, maksud lu?" Oki mencoba mengoreksi.

"Bukan, kecoak Madangkara. Besarnya lima puluh enam kali kecoak Madagaskar."

"Bagaimana kalau manusia yang membuang sampah ke Bantar Gebang disihir jadi lollipop?" kembali Nirmala mengusulkan.

"Mereka tak mempan sihir, karena setiap hari terbiasa mendengar mantra-mantra yang namanya iklan dan rumor," jelas Bobo yang dilantik menjadi Dewa Kelinci Agung setelah Bona Dewa Gajah Belalai Panjang pensiun karena alasan kesehatan (ujung belalainya terserang *rigamortis*) dan Rongrong Kucing Belang gagal dalam *fit and proper test*.

“Jadi bagaimana solusi terbaik supaya para penduduk Negeri Dongeng tidak terserang gatal-gatal dan korengan?” tanya Ratu yang korengnya mulai gatal lagi.

“Negeri Dongeng harus dipindah,” ujar Bobo.

“Dipindah ke manaaa?” lagi-lagi Ratu, Nirmala dan Oki serentak kompak berteriak.

Bobo menyebutkan satu nama tempat....

***

Ditarik oleh empat puluh tiga kuda sembrani, awan *stratocumulus* yang menjadi pulau terbang Negeri Dongeng perlahan-lahan bergerak menyusur langit malam. Manusia-manusia yang sibuk di atas permukaan planet tak pernah menyadari bahwa awan yang selama ini melindungi mereka dari partikel angin matahari telah berarak pergi. Lubang pada lapisan ozon yang sebelumnya telah tertutup, kembali menganga, serupa koreng sang Ratu Negeri Dongeng setelah dikupas dengan kuku.

Awan yang ditarik oleh empat puluh tiga kuda sembrani dan dibantu navigasi oleh Deni manusia ikan itu melayang menuju ke timur, melintasi Samudra Teduh yang kadang-kadang teduh, kadang-kadang mengamuk jika keinginannya tak dituruti.

Dua minggu kemudian, awan tersebut tiba di lokasi yang dituju, sekitar seratus kilometer utara Puerto Rico. Tempat itu di kenal dengan sebutan Segitiga Bermuda.

Dan seminggu setelahnya, Juwita Sirik yang hendak menjual Salep Cuka Naga Forte formula baru yang lebih ampuh dari formula lama kepada para peri dan kurcaci, terbengong-bengong menemukan Negeri Dongeng lenyap dari langit Bantar Gebang.

Bandung, 28 Februari 2016

Anansi Meminta Penguburan

Dahulu kala, semua hewan hidup rukun damai bersama-sama. Meskipun berbeda-beda, namun semuanya masih memiliki hubungan kekerabatan. Kalau kamu pernah mendengar tentang *six degrees of separation*—teori bahwa seluruh manusia di dunia ini sesungguhnya hanya terpisah sampai enam mata rantai—maka meski sebesar gunung bencimu terhadap seorang diktator di negara kepulauan Pasifik Selatan, kamu masih punya hubungan sejauh-jauhnya enam tingkat pertemanan atau kekerabatan dengan dia-yang-kamu-benci itu, atau sedekat-dekatnya sebagai kerabat langsung sang diktator namun tidak mendapat jabatan basah di pemerintahannya.

Namun dahulu kala hubungan antar makhluk tidak sampai serenggang itu, hanya berjarak dua derajat saja. Maka tidaklah mengherankan seekor laba-laba tua yang bernama Anansi mempunyai abang seekor kaki seribu, adik seekor landak, keponakannya seekor tupai yang menikah dengan seekor biawak, putra abangnya seekor bunglon yang bertunangan dengan seekor trenggiling, putri adiknya seekor kelelawar yang mengharapkan suatu saat seekor kodok akan menciumnya, seekor babi hutan yang mungkin adalah bibinya namun bisa juga neneknya atau sepupunya tergantung dilihat dari susur galur mana, dan masih banyak lagi hewan-hewan lainnya yang semuanya berkerabat dengan Anansi. Dan mereka semua tinggal di sebuah desa di mana Anansi menjabat sebagai lurah. Ia diangkat sebagai lurah karena mempunyai delapan kaki (atau tangan). Seharusnya yang menjadi lurah adalah Kwami, abangnya si kaki seribu. Tapi Kwami adalah penduduk desa yang paling lugu, jika tidak bisa dikatakan bodoh. Ia lebih suka berladang menanam ubi jalar daripada menjadi lurah.

Sebagai lurah, Anansi mengajukan usul untuk meningkatkan produksi pertanian, yang disetujui oleh semua penduduk desa yang merupakan kerabatnya juga. Maka Anansi menyusun jadwal rencana membajak tanah, menanam benih, menyiangi hama, memanen, dan hal-hal yang berkaitan dengan pertanian. Semua dilakukan secara bergotong-royong sesuai kesepakatan bersama. Segera hasil panen dan cadangan pangan melimpah ruah di lumbung masing-masing warga.

Di suatu sore yang cerah, saat sedang duduk di kursi goyang yang terdapat di teras gubuknya, angin berhembus sepoi-sepoi membuat Anansi berpikir:

"Karena semua ikut bergotong-royong, satu orang tidak ikut dalam kegiatan takkan mengurangi hasil produksi."

Maka keesokan paginya, Anansi tetap berbaring di tempat tidur.

Ketika keponakannya, seekor cicak datang untuk melihat mengapa Anansi tak ikut membantu membajak ladang, dia berkata dengan suara serak: “Uuuh, keponakanku tercinta, badanku sakit semua rasanya. Maafkan pamanmu, hari ini aku tak ikut kerja bakti.”

Kabar tentang sakitnya Anansi membuat semua warga desa sangat prihatin, dan memutuskan bahwa hari berikutnya mereka akan membantu di pertanian Anansi. Hal ini berlangsung selama beberapa minggu, dan kondisi Anansi tak juga bertambah baik.

Akhirnya penduduk desa mulai bergunjing.

"Kita semua membantu Anansi, kapan dia akan balas membantu kita?"

Angin sepoi-sepoi membawa gunjingan itu ke telinga Anansi, dan ia sadar bahwa ia tak mungkin lebih lama lagi berpura-pura.

“Aku harus melakukan sesuatu,” pikirnya.

Hari berikutnya, ia mengumpulkan para warga desa dan mengumumkan dengan suara lemah:

"Penyakitku ternyata bertambah parah. Aku merasa waktuku takkan lama lagi ".

Segera saja kerabatnya membantah.

"Tidak, paman tidak mungkin mati!"

"Tidak, tidak, saudaraku! Aku akan memanggil dukun desa sebelah yang akan memberimu jamu kuat supaya kamu sembuh!”

Dahulu kala memang untuk mati bukan hal mudah karena penduduk dunia masih sedikit.

Tapi Anansi mengatakan bahwa ia semakin lemah dan sudah pupus harapan, dan mulai membuat wasiat tentang pemakamannya.

"Setelah aku mati, kalian harus menguburku di pertanian Kwami adikku si kaki seribu. Aku menyukai ubi jalar, maka aku ingin dikuburkan di sana."

Kwami setuju bahwa saudaranya bisa dimakamkan di ladangnya, karena permintaan terakhir seekor hewan yang sekarat tidaklah pantas ditolak. Lagipula mayat Anansi jika membusuk akan menjadi pupuk yang baik untuk ladangnya.

Wasiat Anansi sangatlah lengkap: liang kuburnya harus besar, dindingnya dilapis dengan wallpaper bermotif langit sore. Dengan begitu rohnya akan nyaman.

Mereka juga harus meletakkan panci, wajan dan peralatan masak lainnya di dalam kuburan, agar rohnya mampu menyiapkan makanan sendiri.

Para kerabat mulai menggali lubang di ladang dan memenuhi segala wasiatnya, sementara Anansi berpura-pura seakan-akan kondisinya bertambah parah.

Ia mengetahui bahwa makamnya telah selesai saat langkah kerabat mendekati rumahnya. Maka Anansi pun berpura-pura mati.

Mereka mencoba untuk membangunkannya, tapi Anansi tidak bergerak sama sekali, sehingga disimpulkan Anansi sudah tiada.

Keesokan harinya mereka menggotong tubuhnya dan membaringkannya di dalam kubur, yang telah dipersiapkan sesuai dengan instruksinya. Dindingnya dilapis wallpaper bermotif langit sore, lengkap dengan awan dan matahari. Ada panci, wajan dan peralatan masak.

Malam hari, Anansi memanjat keluar dari kuburnya dan mulai mengumpulkan ubi jalar dari ladang, dan kembali bersembunyi di liang makamnya. Ia memasak beberapa ubi jalar, dan makan sekenyangnya. Menjelang siang, Anansi bersembunyi dan tidur. Begitu terus selama sebulan penuh.

Akhirnya Kwami menyadari bahwa ada yang telah mencuri ubinya. Biasanya ia akan menduga bahwa Anansi yang melakukan hal tersebut. Sebagai saudara tua Anansi ia tahu benar sifat Anansi. Tapi karena Anansi sudah wafat, ia tak punya dugaan sama sekali siapa maling yang begitu kurang ajar menjarah ubi jalarnya.

Kwami memutuskan untuk membuat perangkap. Ia membuat orang-orangan sawah dari kayu dan jerami. Dahulu kala sudah ada orang-orangan sawah untuk mengusir gagak, namun orang-orangan buatan Kwani bukan untuk mengusir, namun untuk menjebak. Ditancapkannya orang-orangan sawah tersebut di tengah gerumbulan ubi jalar dan kemudian dilumurinya dengan getah yang sangat lengket.

Kwami yakin bahwa siapapun pencurinya, akan menyentuh orang-orangan tersebut, dan getah akan memerangkap sang pencuri, atau menjadi tanda yang dapat dikenali karena tidaklah mudah menghilang getah yang terlanjur melekat.

Malam itu ketika Anansi keluar dari makamnya untuk mencuri ubi jalar saudaranya, ia terkejut ketika melihat ada sesosok bayangan berdiri menjulang di tengah ladang.

"Waduh!" pikirnya.

"Seseorang mengawasiku!"

Tapi sosok itu hanya diam tak bergerak. Rasa ingin tahunya tak tertahankan, dan perlahan-lahan ia mendekat. Karena orang-orangan itu tidak terlalu tinggi, Anansi mengira bahwa itu adalah seorang anak kecil.

"Hei, nak. Ibumu mencarimu. Dia bilang kau harus pulang untuk makan malam!" ujar Anansi pelan.

Tentu saja tidak ada reaksi dari orang-orangan sawah.

Anansi mengulangi:

"Ibumu mencarimu untuk makan malam."

Masih saja tak ada reaksi.

Anansi merasa kesal karena diacuhkan oleh seorang anak kecil.

"Anak nakal! Apa kamu mau aku tampar? Baiklah, aku akan menamparmu!"

Dan Anansi melayangkan salah satu kaki (atau tangan)nya untuk menampar. Walhasil, tangan kaki (atau tangan) tersebutpun lengket pada pipi orang-orangan yang berlumuran getah.

Anansi mengerahkan ketujuh kaki (atau tangan)nya yang tersisa untuk membebaskan diri, sehingga kaki (atau tangan)nya melekat semua.

“Lepaskan aku, anak nakal!” teriaknya sambil meronta-ronta. Semakin ia meronta, semakin banyak bagian tubuhnya yang melekat pada orang-orangan.

Akhirnya ia menyerah dan tertidur karena kelelahan.

***

Saat matahari mulai memanjat langit pertanda pagi menjelang, Kwami mengunjungi ladangnya, ingin melihat apakah rencananya berhasil. Dia melihat bahwa tidak ada ubi jalar yang hilang. Ia berjalan berkeliling untuk memeriksa hingga sampai ke tempai orang-orangan sawah dan dilihatnya seekor laba-laba tyang melekat sedang tidur di situ. Saat mendekat, ia mengenali Anansi.

"Anansi! Apa yang kamu lakukan di sini? Kamu kan sudah mati!" tanya Kwami.

Dengan suara seseram mungkin Anansi menjawab:

“Anansi sudah mati. Aku adalah hantunya.”

Sudah dijelaskan sebelumnya bahwa Kwami adalah kaki seribu yang lugu. Selain lugu ia juga sangat percaya takhayul. Maka ketika ia mendengar kata-kata Anansi, ia benar-benar percaya bahwa hantu yang berbicara padanya. Kwami menjadi sangat takut dan lari tunggang langgang kembali ke desa sambil berteriak-teriak:

"Anansi menjadi hantu! Aku baru saja melihat hantu Anansi!"

Penduduk desa segera mengerubungi Kwami, menanyakan apa maksudnya berlari-lari seperti dikejar hantu laba-laba sambil berteriak-teriak begitu hebohnya. Dahulu kala hantu laba-laba hal yang lazim diucapkan ibu-ibu untuk menakut-nakuti anak kecil yang tak mau makan.

Dengan nafas terengah-engah, Kwami mengatakan bahwa ia melihat hantu Anansi menempel pada orang-orangan sawah di ladangnya. Tentu saja penduduk desa menjadi penasaran, sehingga semua bergegas ke peternakan Kwami. Dan mereka dengan mata kepala sendiri melihat sosok Anansi yang melekat pada orang-orangan sawah.

Apa yang kau lakukan di sini?" tanya mereka.

"Bukankah kau sudah mati? Kami menguburmu sebulan yang lalu!"

"Kalian sedang melihat hantu!" keluh Anansi, yang mulai merasa sangat tidak nyaman.

Para penduduk desa yang umumnya penakut sudah hendak lari, ketika Anansi berteriak:

"Hei! Berhenti! Mengapa kalian melarikan diri? Kita masih saudara, bukan? Jangan takut! Lagi pula, aku butuh bantuan kalian!"

Seekor kerabatnya yang paling pemberani mendekat, dan bertanya:

"Bantuan apa yang kau butuhkan, hantu Anansi?"

"Kamu tak bisa lihat kalau aku terjebak? Bantu bebaskan aku!" jawab Anansi.

Dua atau tiga dari mereka yang punya keberanian mendekat, dan mulai menarik Anansi.

"Tarik di sini, sedikit lebih keras di sana!" Anansi memberi perintah.

Tapi salah satu warga desa yang menarik salah satu kaki (atau tangan) Anansi, menyadari sesuatu dan menggaruk kepalanya.

"Tunggu sebentar," katanya. "Ini bukan hantu, ini Anansi. Dia belum mati!"

Semua berhenti menarik-narik Anansi.

"Iya juga. Bagaimana mungkin hantu memerintahkan kita tarik sini tarik sana?"

Mulailah pukulan tongkat dan lemparan lumpur melayang ke tubuh Anansi.

"Berhenti!" teriak Kwami yang tak tega melihat saudaranya disiksa begitu.

"Lepaskanlah Anansi," pintanya lagi.

Warga desa melepaskan Anansi dari jeratan orang-orangan sawah.

Mereka berunding dan memutuskan bahwa Anansi harus meninggalkan desa selamanya dan tak pernah menunjukkan wajahnya lagi. Anansi yang begitu malu segera pergi dan tak pernah kembali ke desanya.

Dan sampai hari ini, setiap kali kamu melihat laba-laba lari bersembunyi di celah-celah atau sudut gelap, itu karena masih malu dengan perbuatan leluhurnya

Anansi yang telah mewariskan jerat bergetah kepada keturunannya.

Bandung, 26 Mei 2016

Catatan: Kisah ini berdasarkan tokoh mitologi Anansi, dewa laba-laba penguasa dongeng suku Ashanti di Afrika Barat.

Bocah Angon yang Berteriak Musang

Alkisah di jaman sekarang, di Planet Kenthir, terdapat sebuah desa yang bernama Grentonx. Desa tersebut terletak di kecamatan Deepfield, karena kecamatan yang termasuk bagian distrik Verves itu terletak di lembah yang dalam. Penduduk setempat menyebutnya dengan Bulax Amba.

Distrik Verves sangat terkenal dengan produksi telor asinnya yang telah diekspor ke seluruh penjuru Planet Kenthir. Saking terkenalnya, lambang distrik Verves berupa bawang merah. Memang selain telor asin, bawang merah merupakan komoditi andalan Verves. Apalagi sekarang harga bawang merah melonjak tidak terkira. Tengoklah kawan: dahan dan ranting, pohon dan kebun... basah semuaaa!

Penduduk desa Grentonx hidup dari hasil peternakan bebek. Bebek menghasilkan telur. Telur berubah menjadi telor dan selanjutnya telor menghasilkan rasa asin.

Bebek-bebek digembalakan oleh *duckboy* alias bocah angon *(penekno blimbing kuwi)* sepulang dari rental *flaystation*. Terkadang *flaystation*-nya ikutan pulang bareng bebek.

Salah satu bocah angon bebek itu bernama Nuey. Dia adalah anak dari om Pebrianovix dan bunda Selsa. Om Pebrianovix adalah seorang dukun desa, dan bunda Selsa adalah bidan desa. Meskipun hidup berkecukupan—cukup makan, cukup mandi, cukup sekian—namun kedua orang tua Nuey tak ingin memanjakan anak satu-satunya itu. Maklum saja, Nuey tidak begitu ganteng. Sia-sia saja dimanjakan. Nanti besar mau jadi apa?

Alhasil, setiap petang di ambang sore, Nuey menggiring bebeknya keliling desa. Pernah juga diajak ke mall, sayangnya para bebek menolak naik eskalator.

"Belum punya SIM," alasan para bebek. Yaelah! *Lu kate* pilot?

Berbeda dengan bocah lain yang suka jajan, Nuey suka bosan. Ia suka bosan main *flaystation*, suka bosan mengangon bebek, suka bosan rasa keju, suka bosan sampai bosan, dan segala bosan lainnya.

Suatu hari, ia merasa bosan. Saking bosannya, ia mengejar-ngejar para bebek yang diangonnya. Maksud hati mengajak main 'kejarlah-daku-kau-ku-anu'. Tentu saja para bebek berhamburan sambil menjerit-jerit tak karuan. Berisik bukan kepalang.

Suara bebek yang ribut itu memberi Nuey ide cemerlang.

"Ada musang! Ada musang!" teriaknya sekuat tenaga sehingga suaranya terdengar sampai ke desa. *For your information*, musang adalah sejenis hewan berbulu domba yang suka memangsa bebek tanpa bayar alias gretong.

Penduduk desa yang mendengar teriakan Nuey tersebut segera meraih senjata seperti tongkat, gada, tombak, sekop, samurai, granat, meriam, rudal, kemoceng, sendok, garpu. Di bawah pimpinan presiden desa, Herix Fukebix, mereka berlari menuju lokasi angon bebek dari mana suara Nuey berasal.

Sesampainya di sana, mereka tidak menemukan musang barang seekor pun. Hanya ada para bebek yang mengaso sambil menikmati pisang goreng plus kopi plus rokok lintingan, dan Nuey yang sedang tertawa terbahak-bahak di atas pohon kamboja.

Tentu saja penduduk desa marah dan mengadu pada bunda Selsa. Alhasil, pantat Nuey dihajar dengan penggebuk kasur keluaran terbaru, beli sekarang diskon 70 persen. Hari Senin harga naik.

Pantat Nuey sakit selama seminggu, sehingga duduknya selalu miring ke kiri miring ke kanan tralala la la la la la la la laaa.

***

Sebulan dua bulan situasi kembali normal. Sampai akhirnya Nuey merasa bosan lagi.

Maka ia merekonstruksi kejadian pertama.

"Ada musang! Ada musang!" teriaknya sekuat tenaga hingga suaranya terdengar sampai jauh, akhirnya ke laut. For your information, musang adalah—eh, sudah pernah dijelaskan, ya?

Penduduk desa yang mendengar teriakan Nuey tersebut segera meraih senjata seperti tongkat, tombak, gada, sekop, pisau dapur, silet setajam gosip, granat, meriam, rudal, kemoceng, sendok, ulekan, dan lain-lain. Di bawah pimpinan presiden desa, Herix Fukebix yang telornya paling asin seplanet Kenthir, mereka berlari menuju lokasi kejadian asal suara Nuey.

Lagi-lagi mereka hanya menemukan para bebek yang mengaso sambil menikmati pisang goreng plus kopi plus rokok lintingan dan Nuey yang sedang terbahak-bahak sampai ngompol di atas pohon durian.

Tentu saja lagi-lagi penduduk desa marah dan lagi-lagi mengadu pada bunda Selsa. Alhasil, pantat Nuey dihajar dengan penggebuk kasur yang baru dibeli tanpa diskon. Yang lama dulu patah dipakai menggebuk pantat Nuey. Nuey juga dihukum untuk mengepel lantai mesjid desa, menyikat wc umum terminal, mencabut uban guru ngaji desa kong Agilix, mengecat tembok Cina.

Pantat Nuey sakit sampai sebulan karena bisulnya pecah. Akibatnya selama sebulan tidurnya nungging. Lucu, deh.

***

Nuey kapok sudah. Dalam hatinya ia berjanji takkan mengulang perbuatannya yang telah berbuah bisulnya pecah.

Namun pada suatu petang di ambang sore nan lalu, bebek-bebek yang diangonnya mendadak gelisah dan berlarian kian kemari. Ternyata segerombolan musang telah menyerbu, bebek yang lezat itulah yang dicari.

Spontan Nuey berteriak-teriak:

"Ada musang! Ada musang! Ada musang! Ada musang!" teriaknya sekuat tenaga hingga suaranya terdengar merdu. Memangnya suling bambu?

Penduduk desa yang mendengar teriakan Nuey tersebut segera menuju istana presiden desa, Herix Fukebix yang telornya paling asin seplanet Kenthir. Mereka tidak membawa senjata. Tujuan mereka adalah merundingkan hukuman apa yang akan diberikan kepada Nuey karena ternyata ia tak kapok-kapok juga, meski bisulnya sudah pecah.

Setelah berkali-kali mengetuk pintu istana presiden, akhirnya Herix Fukebix keluar juga. Rambutnya acak-acakan. Sarungnya melorot memperlihatkan merek sempaknya: Gitu-man.

"Belilah sempak merek Gitu-man! Tahan asin dan anti bocor!" teriak Arkix, juragan sempak desa dari tengah-tengah kerumunan warga desa.

Dari belakang presiden desa, muncul Cinta Wepea, istri presiden yang juga merangkap ketua PKK (Planet Kenthir Klub) ranting desa Grentonx. Ada yang bilang PKK merupakan underbow Illumiasin, perkumpulan rahasia yang menjadi urban legend Planet Kenthir. Rambut Cinta Wepea juga awut-awutan, terdapat cendol yang masih berupa lendir.

Bisa dimaklumi, karena Cinta Wepea juga pengelola pabrik cendol yang merupakan salah satu badan usaha milik desa.

"Pak presiden, hukuman apa yang harus kita berikan pada bocah angon bernama Nuey itu?"

Lantai mesjid desa masih kinclong karena baru kemarin dipel untuk menyambut Ramadan. Begitu juga wc umum terminal, jarang dipakai sejak ongkos buang hajat dinaikkan. Uban gue juga belum tumbuh lagi. Tembok Cina catnya juga masih bagus," tanya kong Agilix mewakili warga desa.

"Begini. Besok saja kita berunding. Sekarang semua pulang dulu. Gue mau ngasinin telor lagi," titah presiden desa Grentonx, Herix Fukebix. Warga desapun bubar jalan.

Alhasil, bebek-bebek desa Grentonx jadi kotoran musang.

Moral cerita: Kalau beli penggebuk kasur, belilah sebanyak-banyaknya saat harganya lagi diskon.

Bandung, 28 Mei 2016

Mengejutkan! Ternyata ini Alasannya Kepiting Tak Berkepala!

Tahu tidak? Dahulu kala sebelum manusia menjadi makhluk yang menguasai dan merusak bumi, hewan-hewan hidup rukun dan damai di hutan belantara. Namun mereka tidak mempunyai kepala, kecuali singa yang menjadi raja hutan.

Singa mempunyai koleksi bebagai jenis kepala: besar, kecil, bertanduk, bercula, bersungut, berambut, berantena, dan masih banyak lagi. Tetapi sayangnya koleksi kepala sang raja tersebut jumlahnya kurang satu dari seluruh hewan yang ada di rimba. Maka setiap kali ada hewan yang membutuhkan kepala—hendak pergi kondangan, misalnya—maka mereka akan meminjam kepada singa, dan mengembalikan kepala pinjaman tersebut setelah pulang dari kondangan.

Sebagai raja yang sibuk, singa dibantu oleh sekretarisnya, si kepiting. Tugas kepiting mendata keluar-masuk kepala.

Lama kelamaan, dengan semakin berkembangnya kepariwisataan mengikuti kemajuan perekonomian rimba, para hewan merasa bahwa pinjam-dan-kembalikan kepala menjadi urusan yang sangat merepotkan. Di musim liburan, antrian panjang mengular di kantor sekretaris rimba, meskipun ular tak ikut mengantri. Selesai musim liburan, kembali terjadi antrian panjang saat pengembalian kepala.

Para hewan sepakat untuk mengajukan petisi kepada singa sang raja agar dapat memiliki kepala secara permanen, yang dibuktikan dengan sertifikat hak milik kepala yang melekat, agar tidak dapat diambil pemerintah dengan semena-mena.

Sebagai penyampai petisi kepada baginda singa, para hewan mengutus kelinci yang pintar berdiplomasi.

Maka kelinci menghadap ke baginda singa dengan membawa berkas dokumen petisi yang telah ditanda tangani para hewan serimba raya.

Baginda singa membaca petisi tersebut, dan segera menyetujuinya.

“Sampaikan kepada penghuni rimba untuk berkumpul nanti sore di kantor sekretaris rimba untuk mendapat pembagian kepala,” titahnya kepada kelinci.

“Siap, paduka! Laksanakan!” sahut kelinci yang sering menjadi komandan upacara rimba raya.

Maka kelinci berkeliling rimba menyampaikan dekrit baginda raja bahwa kepala akan dibagikan sore hari nanti. Semua hewan dikabarinya.

Di tengah jalan, kelinci bertemu kepiting yang berjalan menuju sungai hendak mandi. Sebagai sekretaris raja rimba, ia sering kecipratan tinta saat menulis. Tak heran kepiting sering mandi untuk membersihkan noda-noda tinta yang mengotori tubuhnya.

“Kepiting, jangan lupa sore nanti hadir di kantormu karena baginda raja akan membagi-bagikan kepala,” ucap sang kelinci setelah memberi salam.

“Oh ya? Terima kasih. Aku akan mandi dulu,” jawab kepiting dan meneruskan langkahnya menuju sungai.

Kepiting yakin bahwa sang raja akan menyisakan satu kepala untuknya. Bukankah ia sekretaris rimba?

***

Sore itu, penghuni rimba telah berkumpul di kantor sekretaris rimba. Mereka antri dengan tertib, tidak berebut dan tidak ribut-ribut. Sang raja sendiri hadir untuk membagikan koleksi kepalanya. Mulailah baginda singa memberikan kepala yang sesuai kepada masing-masing hewan: kepala terbesar diberikan kepada gajah yang badannya besar, kepala bercula diberikan kepada badak yang kalau berjalan lurus susah belok, kepala terburuk diberikan kepada musang yang licik, kepala berambut diberikan kepada kuda yang genit, kepala yang cantik diberikan kepada rusa yang anggun, begitu seterusnya.

Sampai akhirnya menjelang senja seluruh kepala habis dibagikan, dan hewan-hewan pulang ke sarang masing-ma-sing dengan mengenakan kepala yang sudah disegel dengan titah raja.

Kepiting datang menghadap raja setelah senja berlalu.

"Dari mana saja, sekretaris? Mengapa masih belum memakai kepalamu?"

"Saya menghadap untuk mengambil jatah kepala, baginda," jawab kepiting takzim.

"Semua kepala sudah habis dibagi-bagi," ujar singa.

Kepiting kaget bukan kepalang. Ia protes keras, karena masih tak dipedulikan juga, ia berunjuk rasa dengan jalan menyamping. Namun semuanya sia-sia, tetap tak ada kepala untuknya....

Itulah alasannya mengapa kepiting tak berkepala. Dan sampai hari ini, ia masih berunjuk rasa dengan jalan miring!

Bandung, 29 Mei 2016

Taman Patung di Tepi Jalan

Di sebuah kota kecil yang terletak di punggung bukit bebatuan, ada seorang remaja yatim piatu yang tinggal di rumah kecil peninggalan orang tuanya. Meski rumahnya sederhana, namun menempati lahan yang luas.

Pekarangannya ditumbuhi pohon-pohon buah segala rupa, meski tak banyak jumlahnya. Hal itu disebabkan banyak terdapat batu gunung yang berbagai ukuran yang mustahil untuk dipindahkan, kecuali menggunakan buldoser.

Remaja yatim piatu tersebut kemudian melakukan sesuatu pada batu-batu yang banyak itu. Awalnya ia memahat sebuah batu kecil menjadi patung Ganesha. Kemudian ia memahat batu lainnya menjadi patung Hanoman.

Warga kota yang lewat, singgah untuk mengagumi patung-patung karya remaja yatim piatu itu. Mereka melontarkan puji-pujian, yang membuatnya makin bersemangat untuk membuat lebih banyak lagi patung-patung yang indah. Perkarangan menjadi obyek wisata taman patung, terkenal sampai ke kota-kota tetangga. Setiap orang yang mendengar tentang taman patung itu, pasti mengunjunginya.

Hanya satu orang yang tidak.

Di sebelah lahannya, terdapat sebuah rumah mewah yang didiami oleh tetangganya yang kaya raya. Tetangganya itu iri karena remaja yatim piatu itu selalu mendapat sanjungan, sementara ia tidak. Maka ia menyusun siasat agar si remaja yatim piatu berhenti membuat patung.

Setelah makan malam, ia mendatangi rumah remaja pemahat tetangganya itu.

"Kamu tahu? Warga kota berbicara buruk tentangmu," katanya.

"Mengapa mereka berbicara buruk tentangku? Aku tak melakukan hal yang salah pada mereka," ucap si pemahat heran.

"Yang mereka bicarakan bukan kamu, tapi patung-patungmu. Di belakangmu, mereka berkata bahwa patung-patungmu sangat buruk. Yang terburuk yang pernah ada. Membikin malu kota. Mencemarkan seni rupa!"

Remaja pemahat itu menjadi sedih. Ia berhenti membuat patung, dan mengurung diri di dalam rumah. Orang-orang yang datang berkunjung bertanya-tanya:

"Mengapa tidak membuat patung lagi?"

"Nanti, kapan-kapan," jawabnya.

Akhirnya pengunjung taman patungnya menjadi sepi.

Suatu hari, remaja yang sekarang sudah menjadi seorang pemuda itu keluar dari rumah dan berjalan di antara patung-patungnya. Dilihatnya sebuah patung yang belum jadi, yang sedang dikerjakannya saat tetangganya si orang kaya datang berkunjung.

Dulu aku membuat patung bukan untuk dilihat pengunjung. Bukan pula agar disanjung-sanjung. Aku membuat patung karena aku suka mengerjakannya. Begitu terpikir olehnya.

Maka ia mulai membuat patung lagi. Warga kota yang mengetahui mulai datang berkunjung dan menyanjung-nyanjung karya terbarunya. Ia terus membuat patung tanpa mempedulikan pengunjung ataupun sanjungan mereka. Semakin hari, semakin ramai pengunjung yang berdatangan.

Ternyata anak itu tak bisa berhenti membuat patung, pikirnya. Apa yang harus kulakukan agar para pengunjung berhenti mendatanginya?

Maka ia mengunjungi sebuah galeri seni dan membeli sebuah patung karya seniman terkenal, lalu memajangnya di halaman rumahnya.

Kemudian ia mendatangi pemuda itu. Sambil menunjuk pada patung yang baru dibelinya, ia berkata:

"Lihatlah! Itulah yang namanya karya seni! Bukan seperti buatanmu yang tak bernilai sama sekali!"

Sambil terus mengukir, pemuda itu menjawab:

"Aku memang tidak sedang bersaing dengan seniman manapun."

Kebencian si orang kaya terhadap pemuda itu semakin berkobar. Maka ia membeli sebanyak-banyaknya patung karya seniman ternama. Ia berburu sampai ke luar negeri, mengikuti lelang dari balai Christie, kemudian memajangnya di halaman rumahnya yang lebih luas dari taman patung tetangga yang dibencinya itu dengan harapan pengunjung akan beralih ketempatnya dan memuji-muji koleksi karya seninya.

Namun hal itu tidak terjadi. Tak ada satu orangpun yang mengunjungi tempatnya. Sedangkan taman patung milik pemuda pemahat semakin hari semakin ramai saja.

Si orang kaya tak kenal menyerah. Ia terus membeli dan membeli patung-patung karya seniman termasyhur, sampai hartanya habis. Namun ia tak berhenti. Ia kemudian berhutang dibank untuk memenuhi hasratnya mengumpulkan karya-karya seniman hebat di mana saja.

Hingga pada suatu saat, petugas datang untuk menyita lahan berikut rumah mewah dan seluruh isinya, termasuk koleksi patungnya yang ada di lahan itu.

Si orang kaya mendadak berlari ke taman patung tetangganya yang dipadati pengunjung. Ia membawa sebuah palu godam yang berat untuk menghancurkan patung-patung yang ada di situ.

Para pengunjung yang terkejut segera menahannya, menjatuhkannya ke tanah dan mengikat kedua tangannya di belakang punggung. Juga mengikat kedua kakinya yang menendang-nendang liar. Mulutnya disumpal dengan selampai karena berteriak-teriak mengucapkan kata-kata yang tak layak didengar. Polisi segera dipanggil, yang kemudian menahannya di kantor polisi.

Saat diperiksa, diketahui bahwa ia telah menjadi gila, maka diserahkan ke rumah sakit jiwa di kota sebelah.

Suatu hari, sang pemuda melakukan perjalanan ke kota sebelah dan mengunjungi mantan tetangganya itu di rumah sakit jiwa.

Tetangganya sedang ditengok oleh keponakannya, seorang gadis yatim piatu yang menjadi tukang masak di salah satu rumah makan ternama di kota itu. Mantan orang kaya yang kini gila itu tidak mengenal gadis itu, karena saat adiknya—ibu si gadis—menikah dengan seorang pemuda miskin, ia memutuskan hubungan saudara.

Begitu si pemuda masuk, orang gila itu melompat dan berteriak-teriak mengumpat dengan kata-kata kotor. Kedua tangannya mencekik leher si pemuda. Keranjang buah yang dibawa si pemuda jauh ke lantai, isinya seperti apel, jeruk dan anggur menggelinding berceceran ke segala penjuru.

Gadis yatim piatu keponakan si orang gila berteriak memanggil perawat, yang segera datang menyelamatkan si pemuda dari cengkeraman pasien mereka.

Gadis keponakan si pasien jatuh iba melihat si pemuda tersengal-sengal. Dia bertanya:

"Kamu baik-baik saja?"

***

Jika kalian dalam perjalanan antarkota dan melintas sebuah taman patung yang indah di pinggir jalan raya yang baru beberapa tahun lalu dilebarkan oleh pemerintah, maka mengasolah di situ. Kalian dapat menikmati keindahannya tanpa bayar.

Di sebelahnya sebuah hotel mewah lengkap dengan rumah makan yang masakannya lezat. Harganya sungguh terjangkau. Hotel dan rumah makan berikut taman patung tersebut adalah milik sepasang suami istri. Kalian akan mendengar cerita dari warga kota bahwa patung Rama merebut Shinta dari tangan Rahwana di taman tersebut sangat mirip dengan raut wajah pasangan suami istri tersebut, yang sama-sama yatim piatu saat cinta mempertemukan mereka.

Namun jika kalian bertanya siapa yang menjadi model Rahwana yang matanya melotot persis orang gila, penduduk kota pura-pura tak tahu saja, bahwa sebenarnya pemilik tampang tersebut mendekam di rumah sakit jiwa di kota sebelah seumur hidupnya.

Karena meski kegilaan dapat disembuhkan, iri dengki tak ada obatnya.

Bandung, 3 Juni 2016

Huud

"Siapa namamu?" Raja Adites VI bertanya pada lelaki yang berdiri di bawah singgasananya. Pakaiannya sederhana, mungkin salah satu anggota suku di pegunungan, namun janggutnya terurai lepas tak dikepang sebagaimana kebiasaan nomaden barbar dari utara.

"Eber," jawab lelaki itu tenang. Ia tak menambahkan kata 'Paduka' atau 'Yang Mulia'. Jelas lelaki itu tak mengenal sopan santun.

"Dari mana asalmu?"

"Aku datang dari Ubarr," jawabnya.

Ubarr merupakan kota kedua terbesar di Adlandis.

Adites VI mengingat-ingat ekspedisi yang dilakukannya sebelum penobatannya lima tahun lalu.

"Hmmm..., dua hari perjalanan dengan kuda. Apa tujuanmu menemuiku, Eber?"

"Untuk menyampaikan pesan."

Seorang utusan. Raja menunggu. Biasanya utusan suku yang menemuinya karena wilayah mereka mendapat serangan musuh atau perselisihan antar klan.

"Hancurkan patung Shamuud dan Hattar. Kembalilah menyembah Allah, Tuhan Ydris dan Nuuh," ujar lelaki itu sambil menunjuk keluar jendela istana, ke arah piramida kembar di sisi teluk yang berseberangan dengan Istana Raja.

"Apa? Penghujat!" teriak Nalika, Pendeta Agung kuil Shamuud yang duduk di sebelah kanan Raja Adites VI. Selain sebagai Pendeta Agung, ia juga merupakan permaisuri muda.

"Baginda, orang ini telah menyebarkan keresahan di seluruh penjuru Adlandis! Ia menghina dewa-dewa kita, Shamuud dan Hattar, dikatakannya sebagai berhala tak berguna! Ia mengancam bangsa Ad, kaumnya sendiri, kita semua, akan dihancurkan jika tak bertobat dari dosa-dosa yang kita lakukan. Kebudayaan kita direndahkannya, dikatakannya tak bermoral! Segala upacara kita disebutnya musyrik! Tangkap dia!" perintahnya kepada para pengawal istana.

Permaisuri utama, Mandrika—Pendeta Agung kuil Hattar, yang duduk di sisi kiri Raja diam saja.

Namun lelaki yang bernama Eber telah menghilang. Gerakannya begitu cepat sehingga para pengawal yang hendak meringkusnya terpelanting ke segala penjuru.

"Cari sampai dapat!" teriak Nalika geram.

"Stop." Terdengar suara Raja.

Langkah para pengawal yang hendak mengejar buronan itu terhenti. Kata-kata Raja adalah titah.

Adites VI menatap Nalika tajam. Yang ditatap tunduk.

“Hanya aku yang berhak memberi perintah,” ujar Raja, yang kemudian turun dari singgasana sambil menggandeng Mandrika menuju sayap timur istana, tempat kediaman Mandrika.

Sementara berjalan, ia berbisik pada Mandrika: “Kamu yakin kisah tentang Ydris tak ada yang tahu selain dirimu dan aku?” Ia mengingatkan tentang isi tulisan tablet-tablet kuno yang berada di kuil Hattar.

“Yakin, baginda,” jawab Mandrika berbisik juga.

“Apa yang akan baginda lakukan?”

“Aku harus mengumpulkan informasi telik sandi yang lebih lengkap sebelum bertindak,” jawab Adites VI.

Seorang dayang-dayang mencegat keduanya.

“Putri Melka menghilang, Yang Mulia!” ujarnya ketakutan.

“Apa?” Mandrika pingsan.

***

Melka memacu kudanya menuju Ubarr. Sesekali ia menoleh ke belakang, namun tak tampak debu mengepul selain yang dibuat oleh kudanya. Istana Shen-Ad dengan seribu pilar mulai ketinggalan jauh, ketika ia mencapai batas kota Yram. Laki-laki yang tadi berbicara dengan Raja berdiri di menhir penanda tapal batas.

Melka menarik tali kekang. Kudanya berhenti di pinggir jalan, tepat di depan lelaki yang bernama Eber itu.

"Aku menunggumu, Melka," lelaki itu berkata dengan tenang.

"Dari mana kau tahu namaku?" Melka bertanya heran. Ia meninggalkan istana melalui pagar taman Eden yang sedang dibangun, menyamar sebagai prajurit. Helmnya bahkan belum dilepas, menutup wajahnya yang cantik.

"Aku tahu dari wahyu yang disampaikan padaku lewat mimpi."

Melka turun dari kudanya.

"Bagaimana kau bisa tahu tentang Ydris? Lewat mimpi juga?" sambungnya.

Eber hanya mengangguk.

Sore berganti senja. Jalan raya itu sepi, hanya ada mereka berdua.

"Aku juga bermimpi. Jodohku adalah seorang lelaki yang menyampaikan kebenaran. Tentang Ydris. Tentang Hanukh. Tentang Nuuh. Tentang Allah Yang Maha Esa," jawab Melka.

"Jadi legenda tentang Hanukh si Penemu dan Banjir Besar berdasarkan kisah nyata?"

Sekali lagi Eber mengangguk.

"Dalam mimpi, nama suamiku Huud," ucap Melka, memandang wajah Eber.

"Itu juga namaku. Seperti Hanukh adalah Ydris," jawab Eber alias Huud.

"Kalau begitu, kaulah jodohku," Melka melihat ke arah jalan menuju Ubarr.

"Kau mau ke sana? Aku ikut."

"Bagaimana dengan ayah ibumu?"

"Adites bukan ayah kandungku, dan ibuku akan baik-baik saja," jawab Melka. Tak urung roman mukanya berubah mengingat Mandrika, tapi hanya sekejap. Ia tahu takdirnya.

"Baiklah. Aku harus ke Ubarr memberi peringatan terakhir. Kau sanggup berjalan jauh?"

Melka memandang wajah lelaki yang baru dikenalnya, tapi sangat dicintainya.

"Jangan remehkan seorang putri yang terlatih untuk bertempur, suamiku. Ingat, almarhum ayahku adalah panglima angkatan perang Adlandis!" jawab Melka tersenyum. Ia menepuk belakang kudanya. Makhluk itu segera berlari pulang menuju istana Shen-Ad.

Melka mengikuti pandangan Eber yang menatap langit senja. Ratusan bintang jatuh menghiasi angkasa, seakan pertanda bencana besar untuk Adlandis segera tiba.

Bandung, 6 Juni 2016

Catatan:

Dongeng ini semata-mata fiksi hasil imajinasi penulis belaka, meski terinspirasi kisah tentang Nabi Hud dalam Al-Qur'an dan berbagai sumber lainnya. Jangan dijadikan polemik tentang benar atau tidaknya.

Cinta dan Malaikat Maut

Izrail menyuntikkan serum 'keimanan' pada janin laki-laki itu, ketika atasannya yang juga saudara kembarnya, Mikail, menepuk pundaknya:

"Bisa ke ruanganku sebentar, *bro*?"

"Oke," jawabnya sambil memberikan serum yang sama kepada janin perempuan yang meluncur di atas ban berjalan di depannya.

Ia menuju ruangan Mikail.

"Duduklah," kata Mikail. Iapun duduk di kursi di depan meja Mikail.

"Mulai saat ini kau bebas tugas," kata Mikail langsung *to the point*. Sebagai jenderal yang memimpin Pertempuran Langit melawan pasukan Iblis, ia tak mengenal basa-basi.

Izrail mencoba mencerna perkataan saudara kembarnya.

"Maksudmu... aku tak lagi menyuntikkan keimanan pada keturunan Adam dan Hawa?"

"Perintah Boss," pendek saja jawaban Mikail.

"Tapi...bagaimana mereka akan mengetahui tentang Boss, eh..., Tuhan?"

"Tugas mereka untuk mencari tahu. Toh, mereka telah diberi akal."

"Meskipun begitu, mereka akan membuat kerusakan di dunia! Ingat Qabil dan Habil!"

Bagaimana mungkin manusia akan mampu melawan godaan Setan? Izrail bergidik mengingat pertumpahan darah pertama di bumi. Dan juga setelahnya. Juga umat-umat yang mempersekutukan Tuhan hingga terjadi bencana banjir besar....

"Boss lebih tahu dari kita."

"Terus... aku harus *ngapain*?" tanya Izrail bingung.

"Boss mengadakan kontes sayembara usulan satu kemampuan yang akan diberikan kepada manusia, yang jika digunakan dengan benar akan membuat manusia mengenal Tuhan. Sayembara itu berlaku untuk kita semua. Berdasarkan usulan itu nanti kita akan diberikan tugas baru."

***

Izrail memberikan suntikan keimanan pada janin perempuan yang mungkin akan menjadi manusia terakhir menerima serum tersebut.

"Ada masalah apa?" tanya Jibril, yang berada di sebelahnya sambil memberi tanda 'laki-laki' pada janin di tangannya. Ia memang bertugas menentukan jenis kelamin manusia saat masih di dalam kandungan. Para malaikat tidak membutuhkan gender.

"Bagaimana jika kamu diberhentikan dari pekerjaan memberi gender pada manusia?"

Jibril meletakkan bayi perempuan itu di ban berjalan, dan menjawab:

"Kalau itu maunya Boss kita harus patuh."

"Dan jika kau bebas memilih, apa yang akan kau lakukan?"

Jibril merenung.

"Aku akan membuka agen ekspedisi. Pasti menarik mengantarkan surat dan mukjizat ke seluruh semesta," jawabnya sambil memberikan tanda 'perempuan' pada bayi yang tersenyum di pangkuannya.

***

"Jadi kau sudah mendengar kabar," tutur Izrail pada Jibril yang terlihat bingung sekeluarnya dari ruangan Mikail.

Jibril mengangguk.

"Menurutmu, mengapa Boss yang Maha Mengetahui Segala Sesuatu—*termasuk apa yang sedang kita bicarakan ini*—justru mengadakan sayembara?"

Jibril kembali ceria. Ia memang malaikat paling ceria di antara para malaikat.

"Sama seperti halnya mengapa Dia menciptakan kita, manusia dan seluruh alam semesta. Boss Maha Pengasih lagi Maha Penyayang. Apa ada alasan lain, selain karena cinta?"

Dan Izrail mendapatkan ide untuk Sayembara Usulan Satu Kemampuan Yang Akan Diberikan Kepada Manusia.

Breaking News: Sebagai pemenang sayembara, Izrail dianugerahi gelar Malakal Mawt. Kematian adalah panggilan cinta dari Yang Maha Pencipta.

Bandung, 16 Juni 2016

Catatan: Dongeng ini murni fiksi. Dongeng ini murni fiksi. Dongeng ini murni fiksi.

Rahasia Masa Depan

Kedua lelaki itu duduk bersandar di bawah pohon kurma yang merimbun. Boleh jadi pohon-pohon kurma di situ adalah keturunan batang mati yang tumbang menyentuh tepi mata air yang menjadi pelepas dahaga kafilah yang lalu di padang pasir luas tak bertepi.

Seorang lelaki yang kelihatan lebih tua karena janggutnya memutih—tidak seperti teman seperjalanannya—melepas sorbannya. Rambut yang ikal panjang basah oleh keringat. Ia membasahi tangannya dengan air dari kantong kulit yang dibawanya dan membasuh kepala dan wajahnya.

"Bagaimana kau bisa mengetahui masa depan?" tanya yang lebih muda mengubah arah duduk menghadap lelaki berjanggut putih.

"Itulah pengetahuan yang kudapat tanpa kupinta," jawab lelaki tua setelah puas meneguk air.

"Tapi membunuh seorang bocah hanya karena kau mengetahui bahwa di masa depan ia akan menjadi kriminal, bukankah membunuh juga berdosa?" tanya temannya yang masih belum puas dengan segala penjelasannya tadi.

"Begitu menurutmu?" lelaki berjanggut putih balik bertanya.

"Begitu menurut firman Tuhan yang kuterima!" jawab lelaki memberi penegasan.

"Firman yang kau terima di atas bukit tanpa ada saksi," lelaki berjanggut putih tersenyum.

"Ya, Firman dari Tuhan yang juga menyuruhku menemuimu."

Senyum lelaki tua itu bertambah lebar. "Karena kau pemarah."

Lelaki muda menunduk terdiam.

"Kau tahu mengapa sedikit sekali manusia yang diberi kemampuan melihat masa depan?"

Lelaki muda itu mengangkat wajahnya.

"Kenapa?"

"Karena kalau rahasia itu dipegang orang yang tak sabaran sepertimu, maka manusia akan kacau balau. Kau akan menghukum setiap orang yang kau temui sebelum ia melakukan kesalahan, hanya karena kau tahu ia akan berbuat salah. Sementara manusia tak luput dari kesalahan," tutur lelaki berjenggot putih panjang lebar.

Lelaki yang lebih muda mengusap jenggotnya yang masih lebih sedikit ubannya, dan lebih pendek sejengkal. Ia merenung

"Aku membunuh anak itu untuk menunjukkan apa yang akan kau lakukan jika kau mempunyai kemampuan seperti aku. Apakah aku berdosa? Itu adalah rahasia yang tidak dibagikan padaku," sambung lelaki berjenggot putih.

"Apakah kau tak takut masuk neraka?" tanya lelaki yang lebih muda.

"Aku takut pada Tuhan karena cinta, bukan karena neraka," jawaban itu yang diterima lelaki muda dari lelaki tua.

Ketika ia menoleh, lelaki tua itu telah raib, meninggalkannya sendirian di tengah gurun pasir bersama dua ekor kuda.

Bandung, 9 Juni 2016

Catatan: Ini murni dongeng.

Setengah Abad Lamanya

Mitsi menemukan sebuah ember merah dari plastik di tepi pantai yang pasirnya berwarna cokelat muda. Ada sebuah sekop untuk menggali yang juga terbuat dari plastik. Keranjang plastik berwarna merah itu masih baru, begitu juga sekop plastik yang warnanya serasi dengan kebun tulip di Belanda seperti yang Mitsi lihat di kalender bulan Juni dua tahun lalu. Kalender meja dekat televisi di ruang keluarga, yang entah mengapa tetap mencintai tahun yang telah pergi.

Ia meletakkan ember merah dari plastik itu di kepalanya. Ukurannya sesuai, seakan-akan kepalanya dibuat untuk ember plastik berwarna merah itu.

Mitsi melihat sebuah mobil diparkir tepat di bawah pohon kelapa, dan memiringkan kaca spion mobil itu agar dapat melihat ember plastik merah di kepalanya. Nasib malang menimpa mobil tersebut, sebuah kelapa jatuh menimpa atapnya. Untung bagi Mitsi, karena kelapa tersebut tidak menimpa kepalanya yang tertutup ember merah dari plastik.

Mitsi berjalan di tengah kota dengan ember plastik berwarna merah di kepalanya, dan sekop plastik yang warnanya serasi dengan taman bunga tulip di tangannya. Warga kota yang berpapasan dengannya menatap ember plastik berwarna merah di kepalanya.

Ada yang menatap secara terang-terangan, ada yang melihat secara diam-diam dari balik kacamata hitam.

Kepada yang bertanya:

"Mengapa Anda memakai ember plastik di kepala dan membawa sekop di tangan?"

Ia menjawab:

"Saya baru pulang dari Paris, *ma cherie*. Ember dan sekop plastik sedang menjadi mode di sana."

atau,

"Saya menonton berita dini hari dan NASA mengumumkan bahwa alien akan mendarat di bumi. Disarankan agar manusia memakai ember plastik di kepalanya untuk menangkal hipnotis alien yang hendak memperbudak manusia bumi. Sekop ini untuk menangkis telepati."

atau,

"Zombi telah menyerang kota tetangga dan sekarang mereka menuju ke sini. Ember plastik menghalangi sinyal otak yang menjadi makanan mereka. Sekop plastik untuk menggali kuburan."

Kurang dari dua puluh empat jam, seluruh penduduk kota telah mengenakan ember plastik di kepala dan sekop yang juga terbuat dari plastik di tangan mereka. Tiga hari untuk seluruh warga negara. Dan seminggu untuk seluruh dunia.

Gelombang frekuensi siaran televisi membutuhkan waktu 49,7 tahun untuk mencapai planet yang dihuni makhluk cerdas terdekat dengan tata surya kita.

Itulah sebabnya alien baru memakai ember plastik di kepala hampir setengah abad kemudian.

Bandung, 28 Juni 2016

Cinde yang Malang

Tak ada yang tahu, bahwa Cinde sesungguhnya seorang penyihir. Orang-orang selalu merasa iba padanya, karena ia hidup bersama ibu tiri dan dua saudari tirinya, yang selalu memperlakukan Cinde dengan kejam.

Suatu malam, setelah semua orang tidur, Cinde mengeluarkan sebuah boneka rajutan dan jarum panjang dari lubang rahasia di lantai di bawah kasur jeraminya yang ditutup dengan ubin berwarna kelabu bulu tikus. Boneka jerami itu sangatlah mirip dengan sesorang yang sedang tidur nyenyak di kamar tidur utama.

“Rasakan ini karena telah mengurungku di gudang yang kotor dan gelap penuh tikus, dan membiarkanku kelaparan, ibu tiri sialan!” desisnya sambil menusukkan jarum panjang ke perut boneka rajutan.

Keesokan harinya ibu tiri tak bisa bangun dari tempat tidurnya, mengerang-ngerang sambil memegang perutnya yang sakit seakan ditusuk-tusuk pedang.

Malam lainnya, Cinde menggosok daun kemadu yang berbisa pada dua boneka rajutan yang berbeda. Wajah kedua boneka itu serupa dengan saudari-saudari tirinya.

"Inilah pembalasanku karena kalian menyuruhku mencuci baju kalian, merapikan tempat tidur kalian dan mengepel lantai seluruh rumah, perempuan-perempuan pemalas!"

Saat matahari terbit, terdengar teriakan seram dari kamar kedua saudari tirinya. Wajah keduanya bengkak-bengkak kebiru-biruan, gatalnya tak tertahankan. Cinde hanya tersenyum dari dapur, menyiapkan sarapan untuk ibu tiri dan kedua saudari tirinya itu.

***

Suatu hari, sang Pangeran mengadakan pesta dansa di istana dan mengundang semua gadis yang berada di wilayah kerajaan. Cinde yang malang tak diijinkan menghadiri pesta di istana oleh ibu tiri dan kedua saudari tirinya karena ia tak punya gaun pesta.

Setelah kedua ibu tiri dan saudari-saudari tirinya berangkat ke istana, Cinde melakukan sihir transfigurasi, mengubah labu menjadi kereta kencana. Kemudian dengan mantra animagi mengubah dua ekor cecak menjadi kusir dan penjaga serta empat ekor tikus kelabu yang diambilnya dari perangkap tikus di gudang menjadi kuda penarik kereta kencana.

Sebagai sentuhan terakhir, ia mengucapkan mantra yang membuat dirinya menjadi cantik jelita dengan gaun pesta bertabur permata dan di kakinya berkilau sepasang sepatu kaca. Mantra sihirnya hanya berlaku hingga tengah malam saja. Namun Cinde telah memikirkan rencana agar sang Pangeran jatuh hati padanya.

Tepat saat pesta dimulai, Cinde tiba di istana, cantik mempesona. Sepanjang malam sang Pangeran hanya berdansa dengannya. Tepat saat tengah malam, jam dinding istana berdentang dua belas kali, dan Cinde berlari menuruni tangga istana meninggalkan sang Pangeran yang berusaha mengejarnya. Tak lupa ia meninggalkan sebelah sepatu kacanya di anak tangga teratas teras istana.

Keesokan harinya, sang Pangeran berkeliling kerajaan mencari gadis yang kakinya cocok dengan sepatu kaca yang hanya sebelah. Hanya kaki Cinde yang pas sesuai. Namun rencana Cinde tidak berjalan seperti yang diharapkan. Ketika sang Pangeran melihat bahwa pemilik sepatu kaca hanyalah seorang gadis biasa, lusuh dan berdebu, hati sang Pangeran teramat kecewa. Cinde yang malang ditangkap dan diadili karena penipuan, lalu dimasukkan ke dalam penjara di puncak menara.

Untuk menghabiskan waktunya di dalam penjara, Cinde meminta jarum dan benang yang banyak untuk dirajut menjadi boneka. Semua orang menaruh kasihan pada Cinde yang malang, sehingga permintaannya itu dikabulkan segera.

Dan sejak hari itu, Cinde yang malang merajut boneka-boneka dengan rupa penghuni kerajaan.

Boneka pertama yang dibuatnya sangat mirip dengan sang Pangeran....

Bandung, 4 Juli 2016

Monster

Lukman Gebon terbangun oleh suara ledakan petir, menyelamatkannya dari kepungan monster yang hendak menangkapnya, dalam mimpi buruknya. Di luar masih gelap gulita karena tertutup awan mendung tebal. Ia melihat jam di dinding, dan melompat kaget. Jika tak segera bergegas, ia akan ditinggal bis sekolah.

Buru-buru ia mandi, dan buru-buru pula ia berpakaian. Sisa air bersabun masih tertinggal di lekuk telinga dan baju belum terkancing seluruhnya, ketika ia menyambar roti bakar sarapan untuk di makan di dalam bis. Hujan turun, ditandai suara berisik dari atap. Klakson bis kota sayup-sayup memanggil dari stanplat di simpang jalan.

"Jangan lupa pakai mantelmu," Mama mengingatkan, "dan jangan sampai ketinggalan di sekolah. Pulang sekolah langsung pulang ke rumah, karena monster berkeliaran di mana-mana."

Lukman berlari keluar menembus tirai cucuran air dari atap teras depan, dan melihat ekor bis kota menghilang di sudut persimpangan.

"Tunggu!" teriaknya sia-sia. Suaranya ditelan deru mesin biskota yang makin lama makin menjauh.

Ia terlambat tiba di sekolah. Dengan terengah-engah karena berlari sepanjang jalan menuju sekolah,

Lukman menggantung mantelnya di rak dekat pintu kelas.

"Masuk!" terdengar suara nona Thichir menyusul bunyi ketukan tiga kali dari pintu yang diketuk Lukman.

Ia mendorong daun pintu, bersiap menerima hukuman dari nona Thichir untuk keterlambatannya.

"Oh, Lukman. Ibu *hampir* mengira kamu sudah ditangkap monster. Duduklah," kata gurunya. Lukman menuju bangkunya di barisan paling belakang. Bangku di sebelahnya kosong. Puchaki bolos lagi. Ketika ia mengedarkan pandangannya ke sekeliling ruang kelas, ternyata hampir separuh teman-temannya tak masuk pagi ini. Apakah mereka masih tidur karena cuaca sangat mendukung, atau tertangkap oleh monster? Ia bergidik, teringat mimpi buruknya semalam.

***

"Kamu tahu mengapa teman-teman banyak yang tak hadir hari ini?" tanya Dartini saat mereka berjalan menuju bis sekolah yang menunggu di tempat pemberhentian depan sekolah.

"Tidak," jawabnya murung. Ia masih memikirkan mimpi buruk tadi malam yang masih mengganggunya. Ia juga lapar. Perut gendutnya tak puas hanya dengan setangkup roti bakar.

"Aku rasa mereka ditangkap monster," bisik Dartini, seperti takut didengar orang lain.

“Menurutku, mereka membolos karena pagi tadi hujan deras.”

Kalimatnya itu membuatnya teringat sesuatu.

“Sebentar!” katanya sambil berlari kembali ke arah kelas.

“Mau kemana? Kamu akan ketinggalan bis sekolah!”

Lukman terus berlari tanpa menjawab pertanyaan temannya itu. Dengan lega ia melihat mantelnya masih tergantung di samping pintu masuk kelas. *Tak jadi dimarahi Mama,* pikirnya

Saat ia keluar dari pintu gerbang sekolah, stanplat bis telah sepi. Tak ada seorangpun di situ. Tak ada Dartini. Lagi-lagi Lukman ketinggalan bis sekolah.

Ia melipat mantel dan memasukkannya ke dalam ransel. Saat hendak beranjak meninggalkan tempat itu, hidungnya menangkap bau harum yang sangat dikenalnya: donat *berry*. Bau wangi yang membuat penghuni perutnya memberontak itu berasal dari sebuah kotak yang tergeletak di bangku panjang stanplat. Mungkin milik salah satu teman sekolahnya. Namun wanginya yang luar biasa menggoda, mengisyaratkan bahwa isi kotak itu masih hangat, baru saja dibuat.

Lukman ingat petuah Mama. Donat berry paling enak dimakan panas-panas. Jika sudah dingin akan menjadi keras.

Kue bolong tengah itu *baru* dua dari enam yang lenyap masuk ke perutnya, ketika sebuah bola besar berwarna merah putih dengan sebuah lubang bulat hitam muncul di langit, persis mimpinya semalam. Petir menyambar keluar dari lubang hitam itu, mengangkat tubuh Lukman yang langsung pingsan tak sadarkan diri....

Ketika siuman, ia telah berada di dalam bilik kecil tanpa pintu dan jendela. Meski perabotannya lengkap—termasuk televisi layar datar menempel di dinding, Lukman tahu, ini adalah sel penjara. Monster telah berhasil menangkapnya.

***

"Kenapa terlambat?" tanya sang cowok pada gadis yang baru saja meletakkan pantat indahnya di sofa empuk di sebelahnya. Jam makan siang telah lama lewat. Kafe itu tak terlalu ramai, karena hanya menyediakan kopi dan donat.

Sang gadis mengeluarkan gawai dari tas tangannya.

"Maaf sayang. Tadi saat hendak masuk ke sini, gawaiku memberitahu kalau ada MonsterSaku langka dekat sini. Kamu tahu SD di seberang jalan, kira-kira jaraknya 150 meter dari sini?

Lihat apa yang kutangkap di terminal bis depan sekolah tersebut!"

Ia menunjukkan layar gawainya kepada kekasihnya yang sedang tersenyum kecut.

Kalau saja pada gawainya terdapat aplikasi yang mampu menangkap pikiran sang cowok, maka ia akan kaget.

Sudah saatnya untuk berburu pacar baru lagi....

Bandung, 19 Agustus 2016

Versi Lain Kisah Putri dan Kodok

Ninon-Louna Compté adalah seorang putri mahkota dalam arti kata sebenarnya. Sebagai calon tunggal pewaris kerajaan jaringan hotel bintang lima sampai bintang tujuh terbesar di dunia, *L'hotel du Compté,* tidak ada pesaingnya dalam hal kecantikan maupun kekayaan. Paris Hilton tak layak disandingkan dengan Louna—ia lebih suka dipanggil begitu, ibarat membandingkan penyanyi pentas dangdut sekaten dengan diva ternama seperti Taylor Swift, Ariana Grande, Katy Perry atau KD (Kristina Dangdut). Jaringan *L'hotel du Compté* terdapat di seluruh dunia, di setiap ibukota negara dan pusat-pusat wisata. Bahkan kabar burung menyebutkan Monsieur Compté—kakek Louna—bekerjasama dengan CNES (Centre National d'études Spatiales)—Badan Antariksa Perancis, untuk membangun sebuah hotel yang mengorbit bumi dan sebuah lagi di bulan.

Kecantikannya membuat Alexandros menyesal telah memahat Venus de Milo, dan Leonardo da Vinci batal melukis Mona Lisa. Perusahaan kosmetik, asesori dan butik ternama berlomba-lomba memohon agar Louna sudi memakai produk mereka. Namun tidak seperti Awkarin, Louna tak mempedulikan semua barang-barang berjenama yang dikirim untuknya. Ia menjahit sendiri gaun-gaun dan asesori indahnya yang gagal ditiru oleh para desainer kondang. Wajahnya sungguh rupawan tanpa polesan riasan.

Louna terkenal suka memasak. Resep kuliner kreasinya menjadi menu favorit disetiap resto *L'hotel du Compté*. Dan jika dimasak langsung oleh Louna yang selalu berkeliling memeriksa aset kakeknya, harga satu porsinya akan melambung 300%. Contohnya, *Escargots à la Louna* yang dibuat oleh chef hotel—semuanya lulusan terbaik Akademi Kuliner terkenal, harga per porsi belum termasuk pajak dan layanan di *L'hotel du Compté Manhattan Diner* adalah 235 dolar. Jika Louna kebetulan sedang menginap di situ untuk bertemu dengan sahabat baiknya Anou Afuqee, *rapper* cewek dari Brooklyn, pelanggan resto berebut untuk mendapatkan semur bekicot yang dibandrol seporsi 840 dolar karena diolah dengan tangan Louna. Keuntungan dari penjualan tersebut disumbangkannya untuk kemajuan pendidikan anak-anak di Afrika.

***

Suatu hari, Louna sedang berdiri di tepi Lac d'Annecy, memunggungi kota Saint-Jorioz. Ia baru saja mengunjungi situs rumah panggung prasejarah, dan kini menatap air danau yang beriak tenang, ketika satu suara dari tepi danau memanggil.

"Nona, apakah kamu seorang tuan putri?"

Ia mencari sumber suara tersebut, yang ternyata berasal dari seekor kodok berwarna hijau limau.

"Hei, ada kodok bicara," katanya takjub, yakin bahwa yang memanggilnya adalah makhluk hijau limau tersebut, karena tak ada makhluk lain selain mereka berdua.

"Jika kamu seorang putri, maukah kamu menolongku?" kata sang kodok sambil menyambar seekor serangga yang terbang terlalu dekat dengan lidahnya yang panjang.

"Apa yang bisa aku bantu?"

"Aku adalah pangeran mahkota Qagil Qenthiri dari kerajaan jin Tibesti al-Qemangi. Kerajaan kami berperang dengan Jebel Uweinat al-Tomangi karena aku menolak pinangan Ratu mereka. Suatu malam yang sedingin punuk unta basah, aku tertawan oleh pasukan musuh. Karena aku tetap menolak untuk menikah dengan Gina—nama Sang Ratu—maka ia memantraiku menjadi kodok dan mengasingkanku ke danau ini.

Mantranya akan punah jika ada putri raja yang mau menciumku. Setelah mantra itu punah, aku akan berubah menjadi pemuda tampan.

Kemudian kita akan menikah. Aku tahu lokasi-lokasi harta terpendam. Kita kaya-raya. Sebagai istri, kamu akan menjadi ibu dari dua belas anak kita. Setiap hari kamu akan menyiapkan makan, mencuci dan menyetrika pakaian, memijit kakiku jika aku lelah, mengantar anak-anak ke sekolah, membersihkan rumah, dan lain-lain yang biasa dilakukan seorang istri."

Louna berpikir sejenak.

"Aku harus menciummu untuk mendapatkan semua itu?"

"Benar."

"Baiklah."

Louna membungkuk dan meraih tubuh si kodok...

***

Malam harinya, Louna sudah berada di ruang makan *La Clusaz*. Ia seorang atlet ski yang handal. Besok pagi ia ingin meluncur menuruni lereng pegunungan Alp dari ski resort itu dengan papan ski ciptaannya.

Dengan garpu ia menusuk daging paha kodok dari piring perak di depannya, dan mengunyah perlahan. *Délicieux*.

Chef Ratatouille, sahabatnya di *Le Cordon Bleu*, keluar dari pintu dapur.

"Terima kasih telah mengijinkanku memasak di dapurmu," ujar Louna.

"Bolehkah aku mencicipi sedikit *Cuisses de Grenouille à la Ninon* itu?" tanya sahabatnya.

Louna meneguk air Evian dari gelas kristal.

"Maaf, sudah kuhabiskan. Cuma sedikit, *kok*. Aku hanya mendapat seekor kodok hari ini."

Bandung, 31 Agustus 2016

Lelaki yang tak Pernah Berdusta

Sekali waktu hiduplah seorang bijak bernama Mamad.

Sebenarnya, dalam setiap waktu—tidak hanya sekali, selalu hidup setidaknya seorang bijak. Namun dongeng ini khusus menceritakan orang bijak yang bernama Mamad.

Seumur hidupnya yang sudah melewati 30 putaran matahari, dia tidak pernah berdusta. Tidak sekalipun. Mamad adalah manusia paling jujur di negeri itu. Nama negerinya sendiri sudah terlupakan. Bisa saja pengarang mengatakan sembarang nama, namun itu berarti pengarang berbohong dan kisah ini menjadi tidak ada nilai moralnya lagi.

Semua orang di negeri itu, bahkan orang-orang yang tinggalnya sejauh dua puluh hari perjalanan dengan keledai, tahu tentang Mamad.

Akhirnya kabar tentang Mamad yang tidak pernah berbohong itu sampai ke pendengaran Raja yang tinggal di istana di ibukota. Jauhnya dua puluh satu hari perjalanan dengan keledai. Raja negeri itu memerintahkan kurir kerajaan untuk membawa Mamad ke istana. Karena sang kurir menjemput Mamad dengan seekor kuda yang kecepatannya tiga kali dari keledai jika ditunggangi oleh satu orang dan dua kali kecepatan keledai jika dinaiki kurir dan

Mamad, maka pada hari kedelapan belas mereka tiba di ibukota.

Seharusnya mereka tiba setengah hari lebih cepat, namun sang kurir sempat singgah di pasar desa sebelum ibukota membeli buah badam untuk istrinya. Dan mereka juga singgah ke rumah sang kurir untuk menyerahkan buah badam tersebut, yang diterima istrinya dengan suka cita.

Buah badam itu dimakan bersama-sama, dan Mamad mendapat bagian juga. Setelah buah badam habis, barulah Mamad dan kurir kerajaan menuju istana dan langsung menghadap Raja.

Raja memandang orang bijak itu dan bertanya:

"Mamad, apakah benar, bahwa kamu tidak pernah berbohong?"

"Benar, Raja."

"Dan kamu tidak akan pernah berbohong dalam hidupmu?"

"Saya yakin dalam hal itu."

"Oke kalau begitu. Selalulah berkata benar. Tapi kamu perlu tahu, berbohong adalah hal yang paling manusiawi, dan tanpa kamu sadari, tiba-tiba kamu telah melakukannya. Tinggallah di istana ini selama dua minggu."

Beberapa hari berlalu dan Raja kembali memanggil Mamad. Ada kerumunan besar: Raja hendak pergi berburu. Raja mengelus surai kudanya, kaki kirinya berada di sanggurdi.

Dia memerintahkan Mamad:

"Pergilah ke istana musim panas dan beritahu Sang Ratu bahwa saya akan berkunjung untuk makan siang dengannya besok. Katakan padanya untuk mempersiapkan pesta besar. Kamu juga akan ikut makan siang dengan kami."

Mamad membungkuk dan kemudian pergi ke istana musim panas untuk menemui Ratu.

Setelah Mamad pergi, Raja tertawa dan berkata:

"Kita tidak akan pergi berburu dan Mamad akan berbohong kepada Ratu. Besok akan tunjukkan bahwa Mamad telah berbohong."

Namun Mamad Sang Bijaksana setibanya di istana musim panas, menghadap Sang Ratu dan berkata:

"Mungkin Yang Mulia Ratu harus menyiapkan pesta besar untuk makan siang besok, dan mungkin juga tidak. Mungkin Baginda Raja akan datang untuk santap siang, dan mungkin juga tidak."

"Dia akan datang atau tidak?" tanya ratu heran.

"Aku bahkan tidak yakin apakah setelah aku pergi Baginda meletakkan kaki kanannya di sanggurdi, atau kaki kirinya di tanah."

***

Keesokan harinya, baginda mengunjungi istana musim panas dan mengatakan kepada ratu:

"Si bijaksana Mamad, yang tidak pernah berbohong telah berbohong kepadamu kemarin."

"Tidak, dia tidak berbohong," bantah ratu.

Ratu menceritakan tentang kata-kata Mamad.

Akhirnya Raja mengakui bahwa Mamad si orang bijak memang tidak pernah berdusta dan hanya mengatakan apa yang ia lihat dengan mata kepalanya sendiri.

Apa yang kemudian terjadi dengan Mamad, pengarang tak tahu lagi. Bisa saja pengarang membuat cerita bahwa Mamad dihadiahi emas berlimpah, atau dikawinkan dengan Putri Raja dan kelak menjadi Raja menggantikan Sang Raja Sepuh yang memasuki masa pensiun.

Tapi itu artinya pengarang telah berbohong dan dongeng ini menjadi tidak punya nilai moral lagi.

Bandung, 2 September 2016

Penyihir Perusahaan

Bagi kebanyakan orang, programmer adalah sejenis makhluk aneh tanpa perasaan. Susah untuk senang, sulit untuk bersedih. Itu yang mereka katakan.

Sebenarnya tidak demikian awalnya. Contohnya aku.

Dua tahun silam, saat mulai kerja di Departemen IT Alternative Live Corporation, aku adalah pemuda periang. Aku juga heran, mengapa para senior seperti XPress, AltJay dan ThinkerBell—begitulah *username* yang mereka gunakan—jarang menampakkan emosi.

Saat jam makan siang, kami biasa duduk semeja di kantin perusahaan. Saling bertukar cerita, dan canda mereka sungguh lucu. Namun cuma aku yang tertawa terbahak-bahak. Atau saat TinkerBell menceritakan kematian kucingnya, Perl, yang sangat mengenaskan (lebih baik tak kuuraikan di sini), aku satu-satunya yang menitikkan air mata. Mereka bertiga hanya melengkungkan bibir ke atas atau ke bawah dan sekadar mengangkat bahu.

***

Memo virtual dari manajemen pagi-pagi muncul di layar monitorku, setahun lalu.

Jam empat hadir di ruang rapat. Jangan ada yang terlambat.

Kepala XPress muncul dari atas dinding bilik.

"Hei, SingleDash. Kau mendapat memo rapat?"

"Ya. Setahun bekerja di sini, baru kali ini aku diundang rapat," kataku bersemangat.

ThinkerBell menyahut dari balik dinding biliknya.

"Kenapa kau begitu gembira, Dash? Kita belum tahu siapa yang akan dipecat. Bisa saja kau."

Apa? Dipecat?

Tak terbayangkan. Menjadi pengangguran saat ekonomi sedang lesu begini sungguh tak terbayangkan. Sebagai programmer yang baru setahun bekerja, aku adalah pilihan nomor satu, tentu saja. Uang pesangon tak sebesar yang harus diberikan jika yang diberhentikan adalah AltJay, yang telah bekerja selama 4 tahun, misalnya. Xpres dan ThinkerBell bahkan telah bergabung di perusahaan lebih dulu darinya.

Aku bangkit dan mendatangi bilik AltJay.

"Kau juga mendapat memo, Jay?" bisikku.

"Tentu," jawabnya sambil tetap menatap game di layar komputernya.

"Apakah akan ada pengurangan karyawan?"

"Biasanya begitu," jawabnya. Tangannya bergerak cepat menekan tombol papan ketik. Selusin goblin lenyap dari dunia maya.

"Bagaimana supaya tidak dipecat?" tanyaku.

Ia menekan tombol PAUSE, lalu memutar kursinya ke arahku.

"Dengan menghilang," ujarnya.

"Hah? Tak mungkin tak ketahuan," kataku.

"Maksudku, menghindar dari perhatian. Dengan begitu manajemen tidak akan memecatmu."

"Bagaimana caranya?" aku berbisik.

AltJay ikut berbisik:

"Minta bantuan penyihir di bagian akuntansi."

"Penyihir?" tanyaku memastikan pendengaranku tak keliru.

"Iya, penyihir," bisik ThinkerBell yang entah sejak kapan sudah berdiri di sampingku.

***

Ruang para akuntan perusahaan lebih muram daripada upacara pemakaman kucing ThinkerBell. Bilik-bilik berwarna kelabu polos tanpa ada tanda nama bagai labirin perangkap tanpa jalan keluar. Penghuninya, para akuntan yang selalu serius melebihi tiga seniorku, hanya mengangkat kepala kurang dari sedetik untuk melihat seseorang—aku—berjalan terburu-buru mengikuti jejak kaki yang menyala di keramik lantai menuju jauh ke pedalaman labirin. Setelah diinjak, jejak itu hilang, persis alat permainan joget di Game Center di Mall. Aku pernah memainkannya sekali, dan setengah jalan jatuh terguling.

Jejak seperti langkah-langkah tari itu membawaku ke bilik terjauh.

Dia di sana, si penyihir perusahaan.

Tadinya aku membayangkan akan bertemu dengan nenek-nenek hidung bengkok dengan topi runcing sedang mengayun-ngayunkan tongkat sihir di atas belanga besar berisi ramuan yang berbau busuk menusuk jantung. Penyihir yang ini wajahnya persis Chelsea Islan. Sebentar kemudian berubah mirip Nina Zatulini. Menjadi Mikha Tambayong. Terus berganti-ganti.

Pakaiannya juga bersalin mengikuti alih wujudnya. Kostum *Sailor Moon, Cat Woman, Elektra* atau *Wonder Woman.*

Ia memang sedang mengadukaduk cairan dalam mug dengan sendok kayu kecil. Warnanya kebiru-biruan cemerlang.

"Aku tahu tujuanmu ke sini." Suaranya seperti suara Marlene Dietrich, atau Marlyn Monroe. Aku tak bisa membedakannya.

"Benarkah?" tanyaku bodoh.

Tentu saja dia tahu, karena dia seorang penyihir.

"Minum ini," ia menyorongkan mug berisi cairan biru itu, setelah mencicipinya sedikit.

"Aku harus membayar dengan apa? Jiwaku?" tanyaku gemetar.

"Aku tidak meminta jiwamu. Hanya sedikit dari emosimu."

Otakku menyuruhku untuk balik badan dan berlari meninggalkan bagian akuntansi. Perutku bergejolak ingin memuntahkan isinya.

Kuteguk cairan biru itu sampai habis. Rasanya seperti Pepsi.

Ketika akhirnya aku berhasil lolos dari labirin akuntan dan hampir mencapai pintu,. Aku terlonjak kaget. Pundakku disentuh seseorang. Salah satu akuntan, ternyata.

"Akhirnya kau melakukannya juga," bisiknya.

Langsung saja aku lari terbirit-birit menuju Departemen IT.

***

Rapat sore itu pada awalnya berlangsung tegang. Aku lihat semua yang memegang perut seakan menahan mulas, kecuali para manajer.

"Kami mengumumkan bahwa target produksi dan penjualan tahun ini tercapai."

Itu saja.

Seharusnya aku merasa senang karena tidak jadi pengangguran. Seharusnya aku melonjak kegirangan.

Tapi ternyata tidak terlalu. Senang, namun senang yang biasa.

***

Baru saja memo virtual dari manajemen muncul di layar monitor.

Jam empat hadir di ruang rapat. Jangan ada yang terlambat.

Sudah seminggu beredar desas-desus bahwa perusahaan akan diakuisisi oleh Google.

"Asyik. Rapat pertamaku di sini," terdengar suara riang BloSpot, anak baru dari balik dinding bilik.

"Apanya yang asyik?" sahut ThinkerBell.

Aku tak mendengar lanjutan percakapan mereka, karena kakiku telah melangkah menuju ruangan Akuntansi.

Bandung, 21 September 2016

Toko Burger Keliling

Kamu mungkin dapat menolak segala macam rayuan tulisan-tulisan yang berbunyi 'Diskon 70%', 'Cuci Gudang', 'Promo', 'Harga Murah Khusus Hari Ini', atau bahkan 'Edisi Terbatas: Buku Terbaru karya Penyair Majenun' yang ingin menguras dompetmu saat melewati deretan toko dengan *façade* yang unik dan aneh di sepanjang jalan Perdagangan.

Tapi kamu akan menyerah saat berada di depan toko roti, karena sarapan pagi tadi kamu tak sempat makan atau minum, terburu-buru memburu hari.

Toko roti kecil sederhana, terjepit mengenaskan di antara dua distro pakaian sisa ekspor. Tulisan 'Burger Keliling' dengan jenis huruf *Times New Roman* tertera di jendela kaca.

Tiba-tiba saja air liurmu membanjir dalam rongga mulutmu. Perutmu bergemuruh menuntut untuk segera diisi.

Tenaga gaib menggerakkan tanganmu untuk mendorong pintunya. Suara lonceng kecil elektronis berbunyi, mencatat hadirnya pengunjung kesekian.

Penerangan di dalam seadanya. Butuh waktu beberapa detik sebelum matamu melakukan penyesuaian untuk dapat melihat isi toko. Sementara hidungmu telah lebih dahulu menghirup aroma rempahrempah dan keju panggang tanpa merasa terganggu.

Seorang gadis manis berbaju putih dengan apron hijau, rambut ikal hitam, mata cerah, dan bibir merah melengkungkan seulas senyum sedikit ditekan menyapamu.

“Ada yang bisa saya bantu?”

Yang kamu tidak tahu adalah, jika kamu seorang wanita, maka yang menyambutmu seorang pemuda bertampang Latin berbaju putih dengan apron hijau, kulit gelap, rambut ikal hitam, mata tajam dan bibir coklat melengkungkan seulas senyum sedikit dipaksa.

"Boleh lihat buku menu?" kamu bertanya, menyadari bahwa tidak terlihat adanya barang berbentuk buku. Kamu tidak terlalu mengharapkan bahwa toko sekecil itu akan punya buku menu.

"Maaf, di sini tidak ada buku menu," kata gadis itu. "Harga berubah sepanjang waktu."

Ah, pikirmu. Harga sesuai penampilan pembeli.

Kamu terbungkus kaos oblong polos dan celana jins bolong-bolong, dengan alas kaki sandal jepit.

“Apa yang disediakan toko ini?”

Dengan matanya yang cerah gadis itu menatapmu tak bersuara, Akhirnya dia berkedip.

"Burger," katanya.

"Oh. Seperti yang tertulis di jendela."

"Itulah menu kami. Jadi, ...Anda ingin burger seperti apa?"

"Apakah roti di sini terbuat dari gandum impor?" kamu bertanya.

"Semua roti di sini terbuat dari gandum," jawab gadis itu, "tapi semuanya berasal dari pabrik di Bogor."

"Oh," desahmu berlagak kecewa.

"Boleh juga. Dan dagingnya. Aku ingin daging unicorn atau naga. Jika itu tak ada, daging ikan duyung juga tak mengapa, asalkan masih segar."

Gadis itu tersipu malu.

"Daging sapi panggang ini sangat bagus, impor dari India dan dijamin halal. Dibumbui dengan resep rahasia keluarga."

"Resep rahasia keluarga, katamu?"

Dia menganggguk.

"Dan dari mana asal keluargamu?"

Kamu memang suka menggoda gadis secantik dia.

"Kuningan," jawabnya. "Kuningan, Jawa Barat."

Kamu menggaruk belakang telinga karena perutmu kembali berbunyi.

"Apa bumbu paling eksotis yang kalian punya?"

Gadis itu mengamati meja kerja di belakangnya. "Mustard," jawabnya. " Biasanya ada mayonaise juga, tapi kebetulan habis. Maaf."

"Monster?" katamu sambil melotot.

"Aku tahu jalan ini. Apakah kamu muncul di sini dengan ilmu sihir atau alat canggih, dan kemudian mendadak akan menghilang lagi seakan tak pernah ada di sini?"

"Anda sangat imajinatif," jawabnya dengan mimik seakan rahasia besar telah terbongkar.

"Apa Anda pernah bertanya pada diri sendiri ke mana toko-toko seperti kami pergi ketika menghilang?"

"Tentu," jawabmu seakan kamu paling tahu segala hal. "Tapi itu rahasia, bukan?"

Gadis itu mengangkat bahu.

"Kalau saya menjual 'Rahasia Panjang Umur', atau 'Melangsingkan Tubuh dalam 7 Hari' wajar saja tiba-tiba saja keesokan harinya tak terlihat oleh pelanggan. Namun saya hanya menjual burger. "

Kamu mengangkat bahu.

"Kalau begitu katakan apa rahasianya."

Gadis itu mengambil pisau pemotong roti dan mulai bekerja.

"Ketika toko ini memudar dari jalan ini, dari kota ini, dari dunia ini, kami pergi ke tempat orang asing yang terpesona oleh roti gandum dan daging panggang. Orang-orang di sisi lain jalan ini, kota ini, dan dunia ini. Saya dan toko ini kemari untuk berbelanja bahan-bahan saja, sebenarnya."

Kamu tak ingin lagi bercakap-cakap dengannya karena perutmu nyaris melakukan gerakan revolusi terhadap raga.

Maka kamu akan membuka lemari pendingin dekat meja kasir, mengambil sebotol teh, membayar burger dan tehmu, dan melangkah keluar meninggalkan denting lonceng yang mengumumkan seorang raja telah keluar dari gedung.

Kamu akan duduk di bangku taman, menikmati burger sambil membayangkan sebuah dunia di mana rasa daging sapi panggang membuat orang terpesona hingga berkhayal yang bukan-bukan. Rotinya dari gandum yang diolah pabrik di Bogor. Dagingnya impor dari India. Dibuat oleh seorang gadis cantik asal Kuningan.

Ketika kamu kembali esok hari, toko itu sudah tak ada lagi.

Membuatmu merasa kecewa, sampai kamu teringat bahwa kamu belum membeli buku edisi terbatas karya Penyair Majenun.

Bandung, 24 September 2016

Satu Lagi Versi Lain Kisah Putri dan Kodok

"Jadi kamu mau menciumku?"

"Tunggu dulu! Dari mana kamu tahu kalau aku seorang putri?"

"Keturunan Calonarang yang mengutukku memberi kemampuan agar aku mengenal seorang putri keturunan raja-raja."

"Dia mengutukmu karena..."

"Menolak kawin dengannya."

"Kamu menolak kawin dengannya karena..."

"Dia tidak suka swikee."

"Aku juga tidak, tapi kamu memintaku menciummu."

"Aku juga tidak suka. Hanya saja itu caraku menghindar dari mantra pengasihannya."

"Apakah dia jelek?"

"Tidak juga. Tidak ada reaksi kimiawi yang menggetarkan jiwa yang kurasakan saat berdua dengannya."

"Dan sebelum dikutuk menjadi kodok, kamu adalah seorang..."

"Pewaris perusahaan mulltimedia *Kings Entercapslock.*"

Dan menurut kemampuan yang diberikan keturunan Calonarang aku adalah seorang..."

"Putri. Keturunan raja-raja. Aku akan terbebas dari kutukan keturunan Calonarang dan kembali menjadi manusia jika ada putri raja yang mau menciumku."

"Aku tak pernah mendengar cerita segila itu. Lagipula aku bukan putri keturunan raja-raja"

***

Itulah percakapan yang terjadi antara Lvana dengan seekor kodok.

Yang tidak ia ketahui, bahwa kodok itu benar adanya. Lvana memang seorang putri keturunan raja-raja.

Konstantin Pavlovich menjadi Tsar Rusia selama 26 hari menggantikan saudaranya, Tsar Paul I, yang tewas terbunuh Kamis, 1 Desember 1825 (namun di Tsarskoye Selo dan seluruh tanah Rusia, saat itu adalah hari Kamis, 19 November 1825 menurut kalender Julian).

Ia juga merupakan kakek-kakek-kakek buyut Lvana dari hasil hubungan gelapnya dengan seorang dayang-dayang Juliane of Saxe-Coburg-Saalfeld aka Anna Fedorovna, istri pertama Konstantin.

Anak laki-laki hasil hubungan gelap itu lahir di tanah Bavaria dan menjadi seorang pemain piano yang berkeliling Eropa. Begitu juga anaknya—cucu Konstantin, dan anak dari anaknya, cicit sang Tsar yang menolak tahta dan telah meninggal karena kolera tanpa pernah mengetahui kalau ia punya keturunan yang menjadi pemusik keliling.

Suatu hari, cicitnya tiba di Rotterdam dengan uang di saku sebanyak 3 gulden 57 sen. Sebuah iklan di koran berbahasa Belanda menarik perhatiannya, yang jika diterjemahkan artinya:

DITJARI

Pemain piano oentoek tampil roetin di gedoeng Societeit Concordia, Batavia. Oepah 99 gulden ploes makan minoem dan penginapan gratis.

Tanpa pikir panjang, ia menaiki kapal pertama yang mengangkat jangkar menuju tanah Hindia Belanda.

Sesampainya di Batavia, ternyata lowongan itu telah diisi oleh orang lain. Untunglah guru piano masih langka pada saat itu. Ia berhasil mendapatkan penghidupan yang layak dari mengajar musik.

Namun satu hal yang membuatnya tak betah hidup di Batavia: udara tropis yang panasnya luar biasa. Maka ia memutuskan pindah ke Bandoeng yang baru saja memperoleh status *gemeente* (kota) dari Gubernur Jenderal J.B. van Heutsz.

Ia membuka sekolah musik yang mengajarkan piano untuk noni-noni cilik dan tante-tante *erg genieten* alias suka *ngelayap*.

Dan kemudian ia jatuh cinta dengan Komariah gadis pribumi Sunda asli, hingga rela dikhitan dan kemudian menikah dan membina rumah tangga yang bahagia.

Lvana merupakan generasi ke-6 dari Konstantin. Artinya ia seorang putri keturunan Tsar Rusia.

***

"Cukup cium aku sekali saja, maka aku akan kembali menjadi manusia yang mewarisi kekayaan papaku."

Lvana berpikir cukup lama, sebelum ia mengajukan permintaan:

"Aku ingin mendengar kau bernyanyi."

***

Akhirnya acara MENCARI IDOL di stasiun televisi swasta POSKAMLINK-TV mencapai puncaknya. Para pemirsa dan mereka yang berada di studio masih menebak-nebak siapa yang akan jadi juara di *grand final* malam ini.

3 orang juri telah menempati kursinya masing-masing. *Host* memanggil penampil pertama yang disambut dengan tepuk tangan meriah.

"Mari kita sambut finalis pertama, *Princess and the Frog!*"

Lvana memakai gaun malam hijau daun, roknya lebar mengembang bagai payung, menenteng sebuah sangkar menuju pentas.

"Mengapa kamu tak mau menciumku?" tanya sang kodok dari dalam sangkar.

Lvana tertawa.

"Aku tak tertarik dengan cowok yang mengandalkan kekayaan papanya. Lagipula, kita lebih cocok sebagai pasangan *stand up comics*. Apa yang lebih lucu dari seorang putri bersama seekor katak yang pintar bicara dan menyanyi?"

Bandung, 28 September 2016

Mencari Pengganti Skippy

Akhirnya laptopku, Skippy, tamat juga riwayatnya. Setelah lima tahun setia menemaniku, keturunan Axxio NRE yang setia itu membunyikan 'bip'nya yang terakhir sebelum layarnya menutup mata untuk selamanya.

Setelah menguburkannya di *Pemakaman Umum Peralatan Kesayangan* dengan upacara sederhana—hanya dihadiri dua orang, satunya lagi seorang gelandangan yang kebetulan berada di situ, aku mengunjungi kafe yang biasanya kami datangi.

"Turut berduka atas kepergian Skippy," ujar Karin pelayan yang biasa melayani kami.

"Terima kasih," jawabku.

Aku memandang ke meja-meja lain, di mana para tamu kafe sedang bercanda dengan gawai mereka. Mataku menatap stop kontak yang biasa menjadi sumber daya Skippy.

"Sudah mencari penggantinya?" tanya Karin.

"Belum terpikirkan," jawabku.

Aku merenung membayangkan masa-masa bersama laptopku itu. Terkadang ia suka rewel, mendadak *hang*, diam membeku. Pernah ia menderita flu, terserang virus Lovebyte strain B23. Tiap sebentar *restart* sendiri. Setelah kubawa ke Axxio Center, teknisi memberinya serum Kapersky 2018 dan menyaranku agar Skippy menghindari situs kencan *online*. Aku memarahi Skippy, dan kasir menyodorkan tagihan sebesar 49.800 rupiah.

"Pakai kantong plastik?" tanyanya.

Aku menolak, dan ia mencari-cari uang logam di laci meja kasir.

Tentu saja banyak peristiwa indah yang telah kami lalui bersama. Skippy mengirimkan tulisan-tulisanku yang akhirnya menjadi buku. Ia juga membantuku menyunting buku-buku penulis lain yang meminta jasaku. Bukan karena aku seorang editor yang bagus, tapi karena aku tersedia setiap saat.

Malam itu aku pulang ke rumahku yang sunyi tanpa Skippy.

***

Esoknya aku memutuskan untuk mencari penggantinya.

Aku menyusuri jalan pusat distributor berbagai peralatan. Googlestore meluncurkan laptop terbaru AndroidGo+ Seblak yang dipromosikan oleh gadis-gadis berkostum robot. IBM cuci gudang. Dell diskon besar-besaran. Distributor peralatan asal Cina memberikan bonus voucher tiket kereta cepat gratis 60 kali jalan atau tiket ke Ulan Bator sekali jalan, tergantung jenis pembelian.

Di ujung jalan, mataku menangkap tulisan PENAMPUNGAN PERALATAN LIAR pada papan nama bangunan serupa gudang. Aku masuk dan mataku membutuhkan waktu beberapa detik sebelum terbiasa dengan keremangan di dalamnya.

Seorang gadis berambut sepundak dan berkacamata bingkai plastik menyambutku. Ia menyodorkan tangan kanannya.

"Helen. Ada yang bisa saya bantu?"

Aku menyambut tangannya yang terasa hangat.

"Ivan. Saya mencari sebuah laptop. Punya saya kemarin mati mendadak."

"Turut berduka cita," ujarnya penuh simpati.

"Mengapa Anda tidak membeli yang masih bayi dari distributor?" tanyanya.

"Saya ingin memungut laptop liar. Saya tidak bisa membayangkan jika Skippy—laptop saya yang telah mati—dibuang di tempat sampah."

Helen tersenyum.

"Itu alasan Papa saya almarhum membuka penampungan ini."

Senyumnya menarik.

"Anda mencari laptop tertentu?" tanyanya.

"Saya ingin melihat-lihat dulu sebelum mengambil keputusan."

Ia berbalik sambil memberi isyarat agar aku mengikutinya. Kami melalui lorong-lorong yang diapit rak-rak tinggi. Berbagai peralatan seperti pemanggang roti, pemutar DVD, kamera analog dan digital dari yang resolusinya rendah sampai super HD, mengisi rak-rak tersebut. Sebuah televisi Loewe 17 inci berusaha menarik perhatianku dengan menampilkan salah satu episode *Voyage to the Bottom of the Sea*. Telefunken 14 inci di sebelahnya menayangkan kuis *Siapa Dia* yang dipandu Koes Hendratmo.

Di rak berikutnya, sebuah PC 286 jangkrik rakitan sedang merayu monitor CRT keluaran IBM. Rak lain riuh oleh berbagai nada dering yang berasal dari berbagai telepon selular Motorola, Nokia dan Blackberry. Samsung dan Apple kelahiran tahun kemarin juga ada.

"Orang-orang dengan mudahnya membuang peralatan lama begitu keluar yang baru," kata Helen.

Kami tiba di rak-rak yang terdapat berbagai laptop dan notebook. Umumnya kondisi mereka sungguh menyedihkan. Badannya lecet-lecet. Tombol papan kunci ada yang hilang. Atau harddisknya batuk-batuk.

"Bagaimana dengan yang itu?" tanyaku sambil menunjuk sebuah Hewlett-Packard Spectre. Tubuhnya masih mulus. Notebook itu menyalak riang. Suaranya quadrofonik.

"Oh, Anda sungguh beruntung. Laptop itu dulunya milik seorang penulis skrip ternama."

"Maaf, mengapa berakhir di sini?" tanyaku lancang.

"Ia memutuskan untuk pensiun setelah bercerai dengan istrinya yang tertangkap basah di kamar hotel bersama produser."

Aku ingat sekarang.

"Oh... yang itu."

Kami kembali ke depan. HP Spectre itu dibawa bersamanya.

"Anda memberinya nama apa?" tanya Helen.

"Huwey," jawabku.

"Nama yang bagus." Ia menyodorkan Huwey padaku.

"Berapa?" tanyaku.

"Kebetulan sudah jam pulang. Bagaimana jika Anda mentraktir saya secangkir kopi?"

Aku memasukkan Huwey ke dalam tas punggungku. Ia mendengkur senang.

"Setuju. Ada kafe langgananku dekat sini. Aku biasa mengajak Skippy ke sana. Huwey juga harus dibiasakan dengan kafe tersebut."

Helen mengggandeng tanganku.

"Tunggu apa lagi?"

***

Tiga bulan kemudian aku dan Helen menikah dengan dihadiri para sahabat dan kerabat.

Juga beberapa televisi, kulkas, dan mesin cuci.

Bandung, 28 September 2016

Tentang Penulis

Lahir di Banda Aceh, 25 Juli 1965, masa kecil dan remaja dihabiskan di kota ujung utara pulau Sumatera tersebut. Lulusan SMAN 3 Bandung dan mendapat gelar Sarjana Teknik Nukir dari FT-UGM Yogyakarta. Pernah bekerja di Jakarta, Surabaya, Jambi, Medan dan Banda Aceh sebelum memutuskan untuk singgah dan menetap di Bandung pada awal tahun 2014.

Dari sekadar hobi menulis di blog, memutuskan untuk serius menjadi penulis awal Agustus 2015, sejak bergabung dengan Kompasiana, dan termasuk rajin menulis puisi dan fiksi di kanal Fiksiana.

Bobo Pengantar Dongeng merupakan buku kumpulan cerita fantasi.

www.ingramcontent.com/pod-product-compliance
Lightning Source LLC
LaVergne TN
LVHW040445051026
849517LV00002B/766
9798223946960